당신의 보는 순간이 시였다

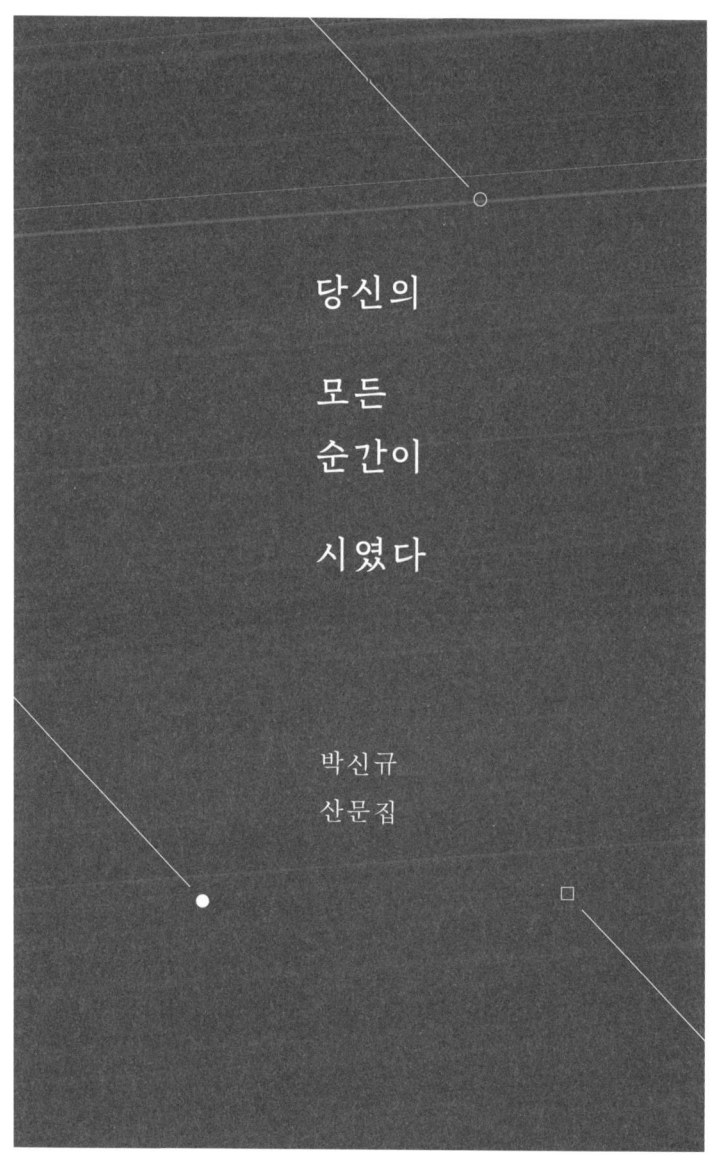

당신의

모든
순간이

시였다

박신규
산문집

ᄢ창비
Media Changbi

시로 쓰는 편지

깊게 상처받아서, '아프다'는 말도 못할 만큼 무너져버린 시절, 구석지고 캄캄한 곳에 웅크리고만 있을 때 전화로 전해오는 안부가 시(詩)였던 적이 있습니다. 사랑에 빠졌을 때 우리는 젖은 목소리로 시를 읽어줬지요. 늘 취해 있던 벗이 읊조린 시구절 하나가 절망으로 가득 찬 청춘을 버티게 해준 힘이었습니다. 가수들의 노래가 아니라 시가 늘 곁에 머물러 있던 거짓말 같은 시절이 있었습니다.

마지막 수업을 하고 떠나신 구상(具常) 시인 앞에서 우리는 부끄러운 습작시를 칠판에 썼습니다. 봄햇살 같은 목소리로 노시인이 들려주는, "몽수리 공원에서의 일이었네"(자크 프레베르 「공원 Le Jardin」)를 노트에 받아 적기도 했습니다. 하지만 전동타자기와 워드프로세서를 쓰는 것도 잠시 한글프로그램 최신판이 나오자마자 모든 행위들은 순식간에 유물이 되어버렸습니다. 모두가 자판을 두드려 모니터 화면에 시와 소설을 쓰기 시작했습니다. 플로피디스크, CD, USB를 거쳐 이제는 허공 같은 클라우드(Cloud)에 작품을 저장합니다. 테이프와 LP를 내쫓은 CD와 MP3도 사라지고 어느날부터는 눈만 뜨면 음악 앱을 블루투스 장치와 연결해 새 앨범과 옛 노래를 구독합니다. 모든 것이 빨라지고 간편해졌지만 여유는커녕 쉽게 잠들지 못하는 눈과 뇌는 종종 수면제를 찾습니다.

얼마 전에는 스마트 펜의 필기감이 못마땅해 종이 질감 필름을 구해서 조심조심 태블릿 PC에 붙이다 말고 멍해졌습니다. 이게 대체 뭐 하는 짓인지 스스로가 한심해졌습니다. 다음 날 서점에 나가 정성스레 노트 한 권을 고른 뒤, 적막 속에서 만년필을 꺼내 닦고 잉크를 채웠습니다. 멈춘 심장에 다시 피가 돌듯 '나는 쓴다'는 느낌이 분명하게 되살아났습니다. 이제 여기에 새로운 시작(詩作) 메모나 고백의 문장을 끄적거릴 수 있겠지요. 쓰다가 지칠 때는 LP를 듣기 위해 구석에 처박힌 턴테이블의 먼지를 털어내고 바늘(Stylus)의 감각도 깨워냈습니다.

숨 고를 틈 없이 우리를 몰고 가는 지금-이곳의 삭막한 버릇들을 멈추고 손편지를 쓰고 싶은 마음이 간절해졌습니다. 이별조차도 속도전으로 끝장내게 만드는 모바일 메신저와 DM 같은 것이 편지가 될 수는 없습니다. 그래서 마지막으로 쓴 지 언제인지도 기억나지 않는 편지를 씁니다. 오래 안부 전하지 못해 부칠 곳도 모른 채로 당신에게 씁니다.

어느 기자가 물었습니다. '시간 투자할 데 많은 이 시대에 굳이 시를 읽어야 하는가.' 아무리 급변하는 날들이라도 아침노을과 낮달과 어스름의 푸른빛이 번지는 것처럼 '시적 순간'은 누구에게나 찾아옵니다. 그 그리움의 순간을 붙잡는다면 심상을 기록하거나 애틋한 사람에게 편지를 쓰거나, 그럴 수 없다면 시 한 편을 읽어보는 것도 좋습니다. 시적 순간이 올 때마다 한 편씩이라도 시를 읽으며 보낸 삶은 그렇지 않은 일상보다 훨씬 더 눈부시고 따뜻해질 것입니다. 밤 벚꽃과 이름 모를 들꽃을 보면서 이 봄을 보내는 이가 있는가 하면 건조한 시간으로 흘려버리는 사람도 있습니다. 이번 봄은 작년과 또 내년의 봄과는 다른 유일한 계절이지요. 시를 읽는다는 것은 다시는 없을 단 한 번의 계절에 상고대가 녹는 찰나를 아쉬워하고, 짧기만 한 꽃빛을 붙잡고 있다가 낙화를 떠나보내는 마음과도 같습니다.

우리가 함께했던 시의 시절은 거짓말처럼 다시 살아날 수 있습니다. 단지 시를 쓰는 사람이어서 갖는 원(願)이 아닙니다. 이

예감은 '우주의 한 점 지구, 지구의 한 점 파리, 그 공원에서 당신과 내가 나눈 첫 키스, 그 영원의 한순간을 다 이야기하기에는 수천수만년도 부족하다'는 프레베르의 시가, 그 시를 들려주시던 노스승의 목소리가 세월이 흐른 뒤에도 생생하게 울리는 데에서 느낄 수 있습니다.

이 책은 어쩌면 당신이 외롭고 아플 때마다 시가 함께하기를 기도하는 마음으로 부치는 편지일지 모릅니다. 스물여덟 통의 편지에서 오래되었으나 낡지 않은 그리움을 읽어준다면, 이제 길고 깊은 잠을 잘 수 있겠습니다.

당신이 걸어가 닿는 데마다
바람은 불고 비가 내리는 날씨처럼, 습관처럼
시적인 순간이,
그 영원의 한순간이 찾아가기를……

2022년 봄, 금강 기슭에서
박신규

차
례

2부 ✕ 당신과 함께한 침묵의 푸른빛

3부 × 우리가 살아갈 모든 순간들

일러두기

— 인용 시(詩)의 자세한 출처는 243면 「작품 출전」에서 확인할 수 있다.

— 저자의 뜻에 따라 인용 시 부분과 일부 이음절 단어 외에는 사이시옷을 적용하지 않거나 띄어쓰기를 했다(예: 비 소리, 장마비, 장미빛, 바다빛, 고기집, 날개짓, 먹이감, 피마골, 혼자말, 시계바늘, 바다장어 등).

1부

사랑의
미열이
내릴 때

단 한 그루
나무의 음악

　　　　　　　　　　나무 아래였습니다.

　더는 어떠한 말과 몸짓조차 부질없을 것처럼 순식간에 당신의 마음이 변한 것도, 손을 처음 잡은 것도, 첫 키스도, 파국을 앞둔 침묵도 다 나무 그늘, 나무 바람, 나무의 떨림 안이었습니다. 마음이 깊은 바닥까지 내려가 쩍쩍 갈라지던 시절, 물 냄새가 불어오면 뛰쳐나가 애타게 장마전선을 맞이하고 흠뻑 젖고 또 떠나보낸 뒤, 늦지 않게 다시 오기를 당부한 것도 오랜 세월로 몸통이 다 파인 팽나무 곁이었습니다. 그 텅 빈 몸통과 수만 이파리 건반을 연주하는 비 소리를 듣다가 한없이 아프고 처연해져서 사랑을 나누던 것도 나무 아래였습니다.

　이 나무처럼만 영영 곁에 남겠다,고 거짓말처럼 당신이 맹세한 것도 눈부신 강가 느티나무 곁이었습니다. 그 말이 거짓말 같아서, 믿을 수 없어서 영원처럼 쓸쓸했고, 끝내 믿지 않았으면서 훗날 또 거짓말처럼 파국이 왔을 때 더 아파서 울다가 지친 것도 다시 그 나무 아래였습니다. 그 후로도 종종 찾아가는 강변 마을, 사철 내내 지팡이에 의지한 채 정물처럼 강을 내려다보던 노인이 어느 가을날부터 보이지 않았던 것도, 삶과 죽음, 윤회와 세월을 곱씹어본 것도,

강물처럼 흐르는 나무 아래였습니다.

어머니는 뒷산 개복숭아나무 곁으로 가지 말라 하셨습니다. 그곳이 오래전 애장터였다는 말을 들은 뒤에도 개복숭아꽃이 자꾸 눈부셔 절로 걸음이 옮겨지고 흉터를 만지듯 나무의 몸을 껴안곤 했습니다. 귀신 타는 나무라고 배롱나무 곁에도 가지 말라셨습니다. 꽃도 줄기도 모두 아름다운 그를 쓰다듬으면 간지럼 타듯 가지가 흔들렸습니다. 흔들릴 때마다 목백일홍 꽃잎은 아롱지며 붉디붉게 바닥을 물들였습니다.

저를 낳은 며칠 뒤 어머니가 기도하듯 심은 고향집 마당의 감나무는 해거리를 자주 하면서도 여태까지 열매를 맺고 있습니다.

누군가 느티나무와 대숲 가까운 곳에는 집을 짓는 게 아니라 했습니다. 깊고 질긴 뿌리가 집터를 찔러 무너뜨린다고. 그 말을 들은 날, 거대한 나무 곁에 그대와 살던 옛집이 무너지는 꿈을 꾸었습니다. 집은 무너져도 나무는 더없이 아름다워지고 있었습니다. 당신의 얼굴은 기억에서 희미해져도, 당신과 헤어진 뒤로 나의 얼굴이 폭삭 늙어버린 뒤에도 나무는 더 푸르고 선명해진 채로 천천히 아주 천천히 늙고 있습니다. 당신의 마음이 꽃 핀 쪽으로 날아간 뒤에도 나는 꽃 진 쪽에서 오래 뿌리박고 있었습니다. 다음 해 여름 태풍에 우수수 쏟아지는 낙과를 다 맞고 난 뒤에야 그 집을 떠났습니다.

×

제가 세상을 모를 만큼 어렸던 1980년, 광주로 유학 간 뒤 돌아오지 못한 아들을 찾아 헤매던 이웃 마을 아주머니는 그가 졸업한 초등학교 운동장 커다란 플라타너스 아래에서 울다 가고 울다 가곤 했습니다. 군대에서 날아온 사망통지서 한 통으로 아들을 맞은 다른 어머니도 그 나무 곁에서 울었습니다. 억울하고 비통한데 더는 아무것도 할 수 없는 때에 이르러서는 비가 오고 눈이 내려도 나무 아래에서 울었습니다. 그 어머니들이 아들과 살던 집에 남을 수 없어서 이사를 떠난 뒤에도 플라타너스는 바람이 불고 비가 오고 눈이 내리는 속에서 울었습니다.

그 이후로 저는 거대한 나무 아래에서는 이상하게 웃지를 못했습니다. 오래 침묵하거나 가끔은 그치지 않는 울음을 지칠 때까지 내버려두기만 했습니다. 나무는 종종 세상의 모든 울음에 귀 기울여주는 존재입니다. 어느 나무는 오직 울음을 위해 그곳에 서 있기도 합니다. 그러니 '커다란 나무는 한 권의 역사책'(사이토 마리코 「서시」), 누대로 이어지는 울음의 사신이자 사서(史書)인 것입니다.

오래된 나무는 신성한 존재입니다. 제주 와흘 본향당에 갔을 때 나무는 실감 나는 신성의 현현(Epiphany)이었습니다. 삶과 죽음, 생산활동, 질병과 재난을 관장하는 당신(堂神)으로 모셔진 팽나무였습니다. 주민들이 무사를 빌며 제를 지내는 나무는 수령을 짐작할 수 없고, 마치 마을 역사와 상처를 쉬지 않고 다 품을 것처럼 주변의 모든 내력을 빨아들이고 있었습니다. 그곳에 처음 찾아간 어느 여름날, 사진으로 기록하려 했으나 강추위에 얼어붙은 배터리처럼 잔량이 부족하다는 표시가 뜨고 셔터가 눌리지 않았습니다. 홀린 듯 한참을 머물다가 본향당을 벗어난 뒤에야 카메라는 정상으로 돌아왔습니다. 그곳에서는 하나의 당신이 아니라 마치 제주의 1만 8천 신들의 숨결이 서린 듯 가늠할 수 없는 아우라가 온몸을 휩싸고 돌았습니다. 그 앞에서는 전생의 모든 죄업들까지 되살아난 듯 엎드려 울 수밖에 없었습니다.

나무 한 그루가 있는 집과 없는 집은 존재와 비존재 사이만큼이나 간극이 크고 머나멉니다. 그래서 그 집을 떠나도 그 나무는 떠나지 못하는 것입니다. 이렇듯 한 그루 나무는 하나의 세계이자 우주입니다. 오롯이 정지와 침묵으로 창조된 우주와 세계입니다. 한곳에 붙박여 허공을 파먹으며 그늘을, 침묵을 넓혀가고 있으므로 나무의 품은 넓고 깊어집니다. 그 품은 가장 깨끗하고 평온합니다. 새소리를 불러들여 키우고 온갖 곤충과 짐승도 거기서 쉬고 또 죽습니다. 태어날 때 나무를 심고 죽을 때까지 그 집을 떠나지 않았다는 사람들의 이야기는 그 어떤 시(詩)보다 아름답습니다. 그것은 한 생의 침묵이 나무와 함께, 나무의 몸속으로 깊어졌기 때문입니다. 나무는 그렇게 비를 맞고 바람을 품고 별빛과 달빛을 담아 나눠주고 햇빛을 머금어 사시사철 색을 바꾸며 살아내고 있습니다. 나무와 함께 하나의 세계를 만들어가는 삶에는 깊은 밤에 울리는 독주곡처럼 나무의 음악이 흐릅니다. 곁에 있던 한 생이 저물고 난 뒤에도 나무는 쓸쓸한 침묵으로 연주를 멈추지 않으며 흐르고 있습니다.

　결단코 잊을 수 없는 나무가 있는지요. 저는 정선 가수리 느티나무가 사무치게 아름답고, 아름다운 만큼 아픕니다. 또 제 속에는 '불카분 낭'(불타버린 나무)으로 불리는 제주 선흘리 팽나무가 비극의 이력을 품고서 울고 있고, 그 옆에서 선흘분교 후박나무가 타오르고 있습니다. 순창 치천 마을 비보숲 느티나무가 점점 깊어지고, 거기서 좀 더 가면 강천사 모과나무가 늙어갑니다. 허공으로 떨어지는 용문사와 수종사 은행나무 낙엽은 억겁으로 향하는 빛물결입니다.

　당신의 나무는 어디에 서 있습니까. 기꺼이 당신에게 병을 옮겨주고 또 당신의 고통을 나눠줘도 아프지 않을, 쉽사리 파국을 맞지 않을, 비밀스럽게 간직한 그리움 같은 나무. "푸른 눈사태로 생매장"이 되어도 좋을 나무. 모든 인간이 배신하고 떠나도 늘 어딘가에서 당신을 비춰주며 "마지막까지 지켜"봐주는 나무는 찾았는지요. 그렇다면 계속해서 이번 생을 살아내지 않을 이유는 없습니다.

미열(微熱) · 사이토 마리코

나무에게서 사람에게로 옮는 병이 있다. 땅에다 깊이 뿌리박으면서 하늘을 날고 싶다는 병에 걸리는 이가 있다. 몸통을 쪼개 갖고 자기 나이테를 보고 싶어지는 병이 있다. 자기 몸에다 많은 새들을 앉게 하고 싶어지는 병. 잎사귀 수만큼의 눈빛들을 살랑거리며 서 있고 싶다는 병. 거기에 서고 싶다는 병. 같은 데서 날마다 새롭게 기다리지 말고 늦지도 말고 서 있고 싶다는 병.

서울 비원 주변의 나무들이 당당하고 그 그림자들이 더없이 짙은 해질녘 거기 가면 푸른 눈사태로 생매장이 될 것 같다. 그런 생각이 자꾸 들더니 어떤 친구가 이런 이야기를 해주었다. 육이오 때, 여기는 희생자들의 유체를 모으는 장소였다. 서울대병원이 가까이 있었기에. 그때 땅이 비옥해졌고 나무들도 잘 자랐다. 그래서 지금도 저 나무 그림자들은 짙고도 짙은 거란다.

사람에게서 나무에게로 옮는 병이 있다. 마지막까지 지켜보고 싶다는 병. 이 거리의 내력을, 이 땅의 모든 내력을 빠짐없이 배고 싶다는 병. 거기 서서 기다리지 말고 늦지도 말고, 모든 따라붙는 이, 모든 앞지르는 이들에게 그것을 비춰주고 싶다는 병. 고(告)하고 싶다는 병.

일제총격을 맞은 듯이 사람들의 이야기를 맞으면서.

첫 키스는
탱자 맛

첫사랑을 어떻게 추억하는지요. 아련하고 달콤하고 따뜻하기만 한 첫사랑인가요? 저는 가시, 날카롭고 쓰린 탱자나무 가시가 먼저 떠오릅니다. 기꺼이 가시에 찔려 철철 피 흘리기를 간절히 원하는 소년의 눈빛이 시리게 다가옵니다.

5월이 오면 무수한 가시 틈에 있어서 더 하얗게 부시는 탱자꽃이 핍니다. 이맘때면 탱자나무 울타리로 둘러싸인 그 집이 떠오릅니다. 어두워가는 줄도 모르고 탱자나무 사이로 훔쳐보다가 그 아이와 시선이 딱 마주친 순간, 화들짝 불이 붙어 그 가시들을 다 태워버리거나 탱자나무 성벽 속에 갇혔다가 증발해버리고만 싶었습니다. 가시 속으로 온몸을 던져 스며들기를 열망

했습니다.

하지만 빌어먹을 참새인지 촉새인지 방울새인지 아님 굴뚝 새인지 잘 모르겠는 한 무리 새떼가 일시에 가시 울타리 틈새를 박차 오르는 바람에 그 아이 집안 온 식구들의 시선이 가시처럼 쩔려와 오도 가도 못하던 때가 있었습니다. 그 참담한 시간을 무사통과하길 바라지는 않았습니다. 얼마나 부끄럽고 뜨겁던 지 여왕을 짝사랑하다가 불길로 사라진 지귀(志鬼)처럼 타버리 고 싶었습니다. 약을 올리듯 가시 틈새를 자유자재로 빠져나가 면서 화르르 타오른 새떼의 웃음소리보다 더 빨리 새빨갛게 달 아오른 그 찰나에는 소년 시절의 짝사랑과 첫사랑의 눈물과 웃 음이 다 담겨 있습니다.

첫 키스를 떠올릴 때에도 또 탱자나무 가시 틈에서 노랗게 익다가 곪아가는 탱자 열매의 알싸한 향과 맛이 기억납니다. SNS와 메신저는커녕 메일도 없던 열몇살 그때, 사시나무보다 더 떨려서 말로는 못하고 오직 손편지를 써서 부치거나 직접 건 네는 것 말고는 고백하는 방법이 없었습니다. 미소가 살구꽃 같 았던 그 아이는 유독 나한테만 퉁명스럽게 굴어서 끙끙 앓기만 했습니다. 그 아이가 싸늘하게 대할수록 애가 타오르고 있던 참 이었습니다. 일주일 넘게 밤을 지새워 편지를 썼다가 찢기만 하고 부치지 못했습니다. 긴 편지가 아니었습니다. 몇 문장 속에 "너를 사랑한다"라고 넣었다가 "너를 좋아한다"로 고치고, 다시 썼다가 고치기를 반복하느라 밤을 지새운 것이지요. 그 시절엔 '사랑한다'라는 말이 얼마나 크고 무겁고 부끄러운 말인지 좀체 가늠되지 않아 고백의 문장에 넣는 것은 상상조차 할 수 없었습니다. 온 존재의 비밀을 다 담고 있는 '사랑'이어서 함부로 발설조차 못하는 단어였습니다. 결국 거듭거듭 다짐하고 커다란 용기를 낸 뒤 "좋아한다"를 밀쳐내고 "너를 사랑한다"를 꽁꽁 봉인해서 우체국 문이 열리자마자 편지를 부쳤습니다. 우표를, 우표 말고라도 살아오면서 무언가를 그렇게 정성스럽게 붙인 적이 다시는 없었습니다.

그리고 집으로 돌아올 때까지는 설레는 마음이 부풀어올라 온몸이 지상에서 떠오른 듯했습니다. 하지만 그 설렘은 집에 도착하자마자 순식간에 부끄러움과 공포가 되어 또 밤새도록 일백번 고쳐 후회했습니다. 날이 밝고 점심 무렵부터 그 아이가 사는 동네 입구 느티나무 아래로 갔습니다. 편지를 회수해야 했습니다. 우체부를 먼저 만나 제가 보낸 편지를 받아내서 찢어야 했습니다. 기다려도 기다려도 어두워져도 우체부는 오지 않았습니다. 그다음 날도 오지 않았습니다. 옆 동네 사는 우체부 형이 감기몸살로 앓아누운 탓에 배달을 못한다는 걸 알 방도도 없었습니다. 해가 지고 반달이 떠오를 때까지 우체부는 오지 않았고, 오줌을 참을수록 달빛은 더 환하게 타올랐습니다.

그때 달빛 아래 저 멀리서 걸어오는 사람이 있었습니다. 멀리서도 그 아이라는 걸 단번에 알아차릴 수 있었습니다. 그 어느 때보다 싸늘하게 노려보는 눈빛으로 그 아이는 내게 다가왔습니다. 나만큼이나 벌벌 떠는 손을 내밀어 손을 잡고 온 우주가 쿵쾅거리는 심장 소리로 입술을 내밀었습니다. 노란 반달빛이 느티나무 낙엽 모양으로 일제히 쏟아져내리는 환상을 본 것도 잠시, 구체적으로 느껴지는 쓰고 떫고 조금은 달다가 시큼해지는 맛이 잘 익은 탱자 열매를 떠올리게 했습니다. 그 뒤로 무슨 말이 오갔는지 어떻게 헤어져 돌아왔는지는 전혀 기억나지 않습니다. 다만 걷는 발걸음마다 달빛이 밟혀 휘청거렸습니다.

×

유하의 시를 다시 읽은 건 순전히 5월이고, 이때 '탱자나무'가 꽃을 피우기 때문입니다. '가시' 하면 흔히 상처와 아픔만을 떠올리는데 시인의 직관과 언어들은 참으로 고통스럽지만 또 아름답습니다. 가시의 뾰족함에서 바람의 마음과 길, 날개짓하는 새들의 호흡, 가시마저 기꺼이 감싸안는 청춘의 열망을 노래하는군요. '얼마나 무사통과를 열망했는가'라는 뜨거운 물음은 역설적으로 무사통과하지 못하는 열망을, 상처와 한몸이 되겠다는 의지를, 또 그만큼 강렬한 생에 대한 의지를 노래하고 있습니다.

그 시절 첫사랑은 그리 길게 가지는 않았지요. 탱자 열매 빛으로 곪다가 탱자꽃이 다시 피는 봄날까지 앓다가 져버렸습니다. 지금까지도 추억의 한복판에는 아프기만 한 탱자나무가 연초록 새 가시를 밀어내며 자라고 있고, 탱자 열매 향기는 혹한을 지나 5월의 탱자꽃까지 스며들다가 진다는 착각도 여전합니다. 시간이 흐르다 보니 새떼들의 비행 행로와 숨결들과 그 오두방정조차 점점 더 눈부시게 기억되더군요. 유하의 시어들은 탱자 열매처럼 쓰고 시큼털털했던 나의 첫사랑이 얼마나 뜨겁고 아름다운 열망이었는지 환하게 밝혀줍니다.

유하의 시세계를 관통하며 부딪치는 것은 압구정동과 세운상가, 경마장 등으로 대표되는 서울 중심의 복잡하고 다채로운 체험과, 고창의 유년 시절에서 길어올린 따스한 추억입니다. 그 두 지역의 언어와 정서의 충돌은 쉽게 흉내 낼 수 없는 시의 원천이 되었을 것입니다.

탱자는 그 맛이 강하고 써서 일상적으로 먹기는 어렵습니다.

탱자는 감기 예방에 좋지만 찬 성질의 열매로 소화기관이 약하거나 손발이 차가운 사람이 먹으면 구토와 어지럼증, 두통 등을 유발할 수도 있다고 하네요. 탱자 열매 같은 첫 키스를 한 그날 밤 집으로 돌아오는 달빛길이 어지러웠던 것은 그래서였을까요. 그다음 날부터 혹독한 감기몸살로 열흘 넘게 앓아누운 걸 보면 감기 예방에 좋은 열매라는 말은 거짓인 게 틀림없습니다.

참새와 함께 걷는 숲길에서 · 유하

바람이 낳은 달걀처럼
참새떼가 우르르 떨어져내린
탱자나무 숲
기세등등 내뻗은 촘촘한 나무 가시 사이로
피 한 방울 흘리지 않고
참새들은 무사통과한다

(그 무사통과를 위해
참새들은 얼마나 바람의 살결을 닮으려 애쓰는가)

기다란 탱자나무 숲

무성한 삶의 가시밭길을 뚫고

총총히 걸어가는 참새들의 행렬

(가시에 찔리지 않기 위해

참새들은 얼마나 가시의 마음을 닮으려 애쓰는가)

…… 난 얼마나 생의 무사통과를 열망했는가

그 열망 깊은 곳,

가시 무성하게 돋아난

선혈 낭자한 탱자나무 숲이여

나를 비워야
비로소
가닿을 수 있는 당신

저곳 · 박형준

공중(空中)이란 말

참 좋지요

중심이 비어서

새들이

꽉 찬

저곳

그대와

그 안에서

방을 들이고

아이를 낳고

냄새를 피웠으면

空中이라는

말

뼛속이 비어서

하늘 끝까지

날아가는

새떼

　　　　　　　채광은 좋고 바람도 잘 통하는,
이제나저제나 당신이 오길 기다리다가 시집을 읽다가 하품을
하다가 까무룩 잠이 드는, 한숨을 잤는지 하루를 꼬박 잤는지
모르는, 자고 일어났는데 사위의 어스름이 아침인지 저녁인지
모르겠는, 그래서 학교에 왜 안 가느냐,는 누이의 장난에 허둥
지둥 가방도 없이 허탕 치고 돌아오다 눈이 멀었던 그 노을이
다시 또 번져와서 뭉클한 집.

　그런 집이 있습니다. 시는 집입니다. 남의 집이라서 머물기

불편한 집이 있는가 하면, 남의 집이라도 나오기 싫은, 자꾸 돌보고 싶고 참견하고 싶은 집이, 참 좋은 집이 있습니다. 「저곳」처럼요.

어떤 시가 가장 쓰기 어렵냐고 물으면 열에 아홉은 연시(戀詩), 사랑시라고 합니다. 왜 아니겠습니까. 감상적이기 쉽고 감상을 벗어던져 감성의 적절한 통제와 절제를 어느 정도 이뤄내고서도 성공하기 어려운 것이 연시니까요. 그만큼 좋은 사랑시는 발견하기도 쉽지 않고 또 공감하기는 더 어렵지요. 아주 사사롭고 사소한 마음의 결을 잘 빚어내어 보편의 영역으로 끌어내는 연시는 쓰는 이만큼이나 섬세한 시선으로 포착하고 짚어내야 합니다. 「저곳」을 보면 알 수 있지요.

空中, 중심이 비다, 빈 중심, 마음이 비다, 빈 마음(가운데 중 자는 마음 중 자이기도 하지요), 빈 당신 속에 들어가 한생을 탕진하고 싶다, 빈 당신을 내가 입고 싶다, 내가 비워져야 비로소 당신에게 갈 수 있다, 내가 비어가는 속도는 당신이 내 안에 들어차는 양과 같다, 비고 비우고 마침내 텅 비어서 내가 당신인지 당신이 나인지 모르는 무심, 「저곳」에서는 가능하지요.

사랑은 결박이 아니라 뼛속까지 비워내야 하는, 아주 심한 고통이 따르기도 하고 먹먹하게 오래된 시간과 역사를 기록하고서야 이뤄낼 수 있는 무한 자유의 상태라는 것. 그렇지 않고서는 그 공간에 새떼가 날아다니기는커녕 생떼와 집착만 남는다는 평범, 명확한 사실을 새롭게 들려주는 「저곳」이지요.

　그 집 속으로 더 깊이 들어가 참견해볼까요? 문자 그대로 공중의 영역, 허공의 영역에만 머물러 있다면 그 집은 공중누각, 신기루이거나 ‘저곳’이라는 말이 이미 강하게 끌어안고 있는 한낱 ‘무하유지향, 이상향’에 불과하지요. 하지만 지상으로 끌어내리면서 그 집이 우리 곁에 머물러 있다는, 바로 드러누울 수 있는 개똥밭이 곧 이상향이라는 깨달음마저 던져주는 단어가 몇 개 있습니다. ‘방을 들인다’가 그렇고 ‘아이를 낳는다’ 또한 그렇지요. 하지만 무엇보다 ‘냄새를 피우다’가 가장 강력하고 튼튼한 그 집의 골격입니다.

　‘냄새’라는 말 대신 ‘향기’라는 단어를 썼다면 이 집은 겨울 낙엽으로 바스러지고 매운재로 흩날려 허망할 것입니다. 향기는 허공의 영역, 조작된 이데올로기나 왜곡된 사랑과 프로파간다, 더 과장하고 심하게 포장해버리면 파시즘을 연상시키는 영역이지만, 냄새는 지상에 딱 붙은 일상의 영역입니다. 그렇기 때문에 향기보다는 냄새라는 말이 후각과 더 친연성 있는 말입니다.

후각은 오감 중에 가장 나약하고 쉽게 현혹되고 또 쉽게 지쳐서 무뎌지는 한편 민감하게 토라지는 변덕스러운 감각이기도 하지요. 그래서 사랑의 설렘과 파국을 모두 지배하는 감각이 후각일 때가 종종 있습니다. 사랑을 막 시작한 연인이 설렘으로 가득 찰 때는 상대의 샴푸 냄새는 물론이고 담배 냄새조차도 능동적으로 반하고 기꺼이 홀리는 대상입니다. 관계의 파국에 이르러서는 전혀 변하지 않은 그 냄새들이 권태와 짜증, 변심의 원인이 되기도 합니다. 냄새는 이처럼 향기와 구별되는 더 인간적이고 동물적인 감각이지요. 「저곳」이 마냥 낭만적이고 감상적인 허공을 가리키는 것이 아니라, 마침내 '저곳'에 이르기 위해 사랑은 구체적인 삶의 굴곡을, 무서운 권태와 비애까지도 각오해야 한다는 것을 '냄새'는 증명하고 있습니다. 훌륭한 사랑 시 한 편을 꼽는다고 여기까지 왔습니다.

×

남은 이야기 하나, 삼십대 초반 팔자에도 없는 신축 원룸에 기거한 적이 있었습니다. 환기도 잘 되지 않고 시멘트, 페인트 냄새가 가득한 공간이었습니다. 그 집에 살면서 이상하게 자주 앓았습니다. 시름시름 하면서 갇힌 어느날 저녁, 근처에 살던 시 쓰는 선배가 죽을 가지고 왔습니다. 한참을 같이 지내다가 헤어질 때 잔소리를 하더군요. 당장 이사하기 힘들다면 밥 좀 잘해 먹어라, 다른 것보다 된장찌개나 청국장을 열심히 끓여 먹어라, 이거야 원 사람 냄새가 나야지…… 된장과 청국장 냄새, 그것은 사는 냄새, 살리는 냄새입니다.

남은 이야기 하나, 오래전에 마포 용강동에서 근무한 적이 있었지요. 바로 유명한 고기집이 많은 그 먹자골목 부근이지요. 그때는 자주 들렀지만 지금도 잊지 못해 일년에 한두 번은 찾아가는 주꾸미집이 있습니다. 잊을 만도 한데 갈 때마다 주인 할매는 똑같은 말을 합니다.

"(책 만들어갖고) 요새는 먹고살 만해?"

계산대에서 마지막으로 묻는 말도 똑같습니다.

"거 있자녀, 성인군자 그 시인 삼춘은 잘 지내능겨?"

'아이고 이 냥반은 아직도 그 일을 까먹지도 않고……'

그 주꾸미집에서 한참 어린 후배 시인의 주사, 꼬장, 행패, 악다구니, 시비, 기물파손이라는 말로는 부족한 '현실 폭력'을 몇 시간째 묵묵히 다 받아주는 사람이 있었습니다. 할매는 그날 풍경이 잊히질 않는 모양입니다. 성인군자 삼춘, 박형준 시인입니다. 어느 후배는 그를 가리켜 착한 '초식 공룡'이라고 했는데 공감할 수밖에 없습니다. 그의 성정만이 아니라 그를 닮은 시까지도 그렇습니다.

그나저나 이 봄날, 오래 만나지 못한 시인에게 안부를 묻습니다. 「저곳」처럼 순하디순한 사랑이 익고 무르익어 열매도 맺었으면 하는 바람이 또 불어갑니다. 그리고 당신, 부디 당신에게도 방을 들이고 '살리는 냄새'를 가득 풍기는 사랑이 찾아오길, 이 환장하게 좋은 계절에.

그대와 니 사이에
푸른 염소

　　　　　　　　　당연한 이야기이지만 사람의 관
계에서 영원한 것은 없습니다. 맹세와 고백에만 등장할 뿐, '영
원한' 사랑 또한 만들어진 환상입니다.

　살아오면서 감당할 수 없는 상처의 한가운데서 헤어나오지
못하고 점점 더 깊은 나락으로 떨어지는 듯한 시기가 있었습니
다. 수면제와 항우울제를 처방받아도 아무런 도움이 되지 못했
습니다. 철저하게 마음이 무너지니까 몸도 따라서 망가졌습니
다. 자율신경이 오작동해서 기초적인 생리작용까지 문제가 생
겼습니다. 땀이 물처럼 흘러내려도 느끼지 못하고 불면의 밤을
보내도 잠이 부족하다는 것을 몸이 인지하지 못했습니다. 추운
지 더운지 모른 채 계절이 지나갔습니다. 당연한 것처럼 저에게

도움을 요구하며 각자 필요한 정도 이상을 뜯어간 사람들이 다 사라졌습니다. 많은 사람들이 등을 돌리거나 제 등 뒤에 숨고, 심지어 오랜 세월 정을 쌓아 아주 가깝다고 생각한 친구조차 배신하면서 통증은 커지기만 했습니다.

결국 정상적인 직장생활이 어려워서 병가를 내고 시골 바다 마을로 내려갔습니다. 한 달 넘게 머물면서 날마다 물가로 내려가 바다만 바라봤습니다. 모르는 이가 스쳐 지나가는 것조차 견디기 힘들 정도로 사람이 혐오스러워 인적 없는 바다만 찾아 머물렀습니다. 모든 문제는 마음에서 오는 것이었고 그 마음을 뒤흔들어 폐허로 만든 것은 결국 사람이었음을 깨닫기까지는 그리 오래 걸리지 않았지만, 이미 망가진 몸과 마음을 바로 세우는 일은 참으로 더디고 어려웠습니다. 오로지 시간의 힘에 의지해 차츰 마음이 안정되어가도 한번 무너진 몸은 마음과 함께 쉽사리 일어나지 못했습니다. 지금까지도 여전히 몸과 마음을 회복하기 위한 노력은 진행 중입니다.

커다란 상처의 근원이 사람에게 있다는 말은 사람에게 기대고 기대하는 나의 마음 또한 그만큼 컸다는 것과 다르지 않습니다. 그 마음의 중심에는 외로움이 있습니다. "외로우니까 사람이다"(정호승 「수선화에게」)라는 시구절처럼 사람은 존재하는 순간부터 외로움이 시작됩니다. 외로워서 사람을 만나고 깊어져서 우주까지도 떨리게 하는 사랑의 진동에 온 존재를 내맡기다가도, 그 떨림이 잦아들고 무감해져 다시 또 외로워집니다.

헤어져서 외롭고 만나도 외로운 것이 사람입니다. 우리가 그토록 쉽게 외로워지는 것은 상대를 온전히 타자로 인정하지 않는 욕심 때문인지 모릅니다. 사랑에 빠지는 순간 나와 너 사이에 틈은 있을 수 없다고, 나는 너이고 너는 나라는 오만한 착시에서 오는 소유욕은 정말 무섭습니다. 그렇게 상대를 제대로 봐주지 않고 읽어내지 못할 때 사랑의 파경은 옵니다. "나를 보태기도 하고 덜기도 하며/당신을 읽어나"(함민복 「양팔저울」)가지 않으면, 사랑은 구석에 방치된 채 먼지 쌓인 책이 되고 맙니다.

아무리 깊이 사랑하는 사람도, 오랜 세월을 쌓아온 친구도 나와 같을 수는 없습니다. 그 같지 않은 서로의 부분들이 곧 한 존재의 개성이자 외로움의 빛깔입니다. 그것을 있는 그대로 받아들이지 않을 때 관계의 파국은 불 보듯 뻔합니다. 시적으로 표상할 때 그 외로움들은 섬이 될 수도, 새와 돌, 나무가 될 수도 있습니다. "사람과 사람 사이에 섬이 있었다/한때 다들 그 섬에 가고 싶어했다/하지만 그 섬에 가본 사람이 없었다"(이문재 「사람」)에서 말하는 '섬'만큼 외로움의 간극과 상징, 열망과 한계를 잘 표현한 것도 없습니다. 그 섬에 가고 싶은 간절한 열망이 한 사람을 제대로 이해하고 사랑하는 길을 열어줄 수도 있습니다. 하지만 동시에 사람을 제대로 이해하는 일은 참으로 험난해서 '그 외로움의 섬에 가닿고 싶다'라는 마음은 열망으로만 그쳐야 옳은지도 모릅니다. 함민복 시인은 보태기도 하고 덜기도 할 때 관계의 균형을 맞출 수 있다고 합니다. 상대에게 나를 투영해서 내 식대로만 보지 말고, 오로지 집중한 채 그의 빛깔을 제대로 읽어낼 때 존재의 저울, 사랑의 저울은 무너지지 않고 팽팽하게 균형을 잡습니다. 그 균형 위에서만 "실제 던 짐은 없으나 서로 짐 덜어 가벼워지"(함민복, 같은 시)며 사랑은 깊어집니다.

"그대와 나 사이에 너와 나만 있어서는/(…) 서로 건너가지 못합니다"라고 금강석 같은 깨달음을 던져주는 시도 있습니다. 나무와 나무 사이에 또 다른 나무와 풀이 아름답게 흔들리듯이, 그대와 나 사이에 바람이 불고 흔들리는 이파리들이 있고 내리는 눈과 비가 있다는 점을 뼈아프게 자각할 때, 사람과 사람의 관계는 비로소 균열에서 벗어나 완성에 다가갑니다. 너와 나 사이에 출렁이고 흘러가는 것들을 있는 그대로 노래할 때 지상에서 하나뿐인 풍경, 너와 나, 우리의 세계는 빛을 발합니다. 영원할 수는 없지만 완성할 수 있는 것이 사람의 관계입니다. 낯설고도 청량한 마지막 연을 소리 내서 읽어보세요. 깊은 강을, 또

푸른 바다를 배경으로 서 있는 두 사람 사이에서 푸른 염소가
그윽하고 생생한 눈빛을 우리에게 던져주고 있습니다.

아픈 상태로 오래 머문 그 바다에서 얻은 것이 있느냐고요?
지금껏 보아온 것들 중에 가장 아름답고 눈부신 바다의 윤슬,
한밤의 별빛과 달빛이 일러준 것이 있긴 합니다. 바다에서 얻을
수 있는 것들은 아름다운 풍경뿐이라고, 사람의 문제는 사람들
사이에서 답을 얻을 수 있다고, 사람에 대한 기대를 완전히 내
려놓고, 다시 돌아가 사람과 사람들 사이에 있는 것이 무엇인지
제대로 읽어내라는 것이었습니다.

꽃가루가 바람을 타고 가듯이 · 백무산

잣나무와 잣나무 사이에 참나무와 억새가 있고
벌과 벌 사이에 동박꽃이 있고 나비가 있고
산과 산 사이에 바람과 새들이 있고
그들 사이에는 다른 무엇이 있습니다
그들은 다른 무언가와 둘러앉았고
만날 때 무언가와 함께 만나야 합니다

그대와 나 사이에 물이 있고 나무가 있고

출렁이는 것들이 있어야 합니다

그대와 나 사이에 들이 있고 비바람이 있고

흐르는 것들이 있어야 합니다

그들과 나 사이에 다른 그들이 있어야 합니다

그대와 나 사이에 너와 나만 있어서는

그대와 나 사이에 소란한 도시의 정적만 있어서는

서로 건너가지 못합니다

말이 건너가려면 사물의 징검다리가 있어야 합니다

흐르는 저들이 있어야 합니다

출렁이는 저들이 있어야 합니다

꽃가루가 나비 날개에 묻어가듯이

작은 날갯짓에 씨앗들이 실려가듯이

흐르고 출렁이는 것들에 실려야 합니다

그대와 나 사이에 푸른 염소 한 마리 있어야 합니다

나는
당신과
하나입니다

자식을 위해 세 번이나 이사한 맹자 어머니의 일화〔孟母三遷之敎〕는 자녀교육의 모범답안처럼 회자됩니다. 요즘도 좋은 학군 지역의 집값이 상상 이상으로 오르는 것을 보면 맹모의 처세는 수천년이 지나도 여전히 유효한 모양입니다. 요약하자면 공동묘지 부근에 사니까 아들이 매일 곡소리를 흉내 내고 시장으로 가니 장사 놀이에 빠져서 결국 서당 근처로 이사를 했다는 이야기인데요. 저는 자꾸 거꾸로 생각해 보게 됩니다. 서당만 맴돌면 세상과 인생을 잘 모를까 시장으로 이사를 하고, 존재와 비존재, 삶과 죽음의 근원을 고민하게 만들기 위해 공동묘지 부근으로 옮겼다면 어떻게 달라졌을까요. 섣부른 예단은 경계해야 하지만 저는 맹자의 철학에 삶의 실감과 죽음에 대한 인식이 더 깊게 스몄을 거라고도 생각합니다. 과연 공동묘지에 가까운 일상이 그렇게나 고단한 것인가요?

지금도 어느 지자체가 추모공원 조성을 고려라도 할라치면 사람들은 동네에 현수막을 내걸고 결사반대를 외칩니다. 그 지역에 대규모 녹지와 공원을 조성해주고 여러 혜택을 준다고 해도 막무가내로 반대합니다. 집값을 떨어뜨리는 혐오시설이라는 것이죠. 저는 집값이 얼마나 많이 떨어질까, 공원은 또 얼마나 크고 근사하게 만들어줄까 생각하다가 웃기도 합니다. 집값이 견딜 만하고 아름다운 공원이 있다면 살고 싶은 곳이기 때문입니다. 이처럼 묘지는, 또 죽음은 잠깐이라도 떠올리기조차 꺼려지는 '혐오'의 대상이 되었습니다.

어찌 보면 근대화와 도시화는 끊임없이 묘지와 죽음을 추방하면서 시작되고 정착된 것인지도 모릅니다. 마을 주변에 묘지가 있던 과거와 달리 먼 곳에 그럴싸하게 단장해놓고서 기일과 명절에만 찾아가는 곳이 추모공원입니다. 그렇게 묘지가 밀려나면서 도깨비와 귀신, 산신령, 구미호 등도 함께 추방당해 옛날 시골을 배경으로 하는 설화에나 등장하는 소재가 되었습니다. 화장장, 수목장 같은 매장문화를 논하자는 것이 아닙니다. 땅덩어리가 비좁은 이 땅에서 매장지 문제를 늦지 않게 해결해야 한다는 주장에는 전적으로 동의합니다. 저는 지금 죽음을 대하는 자세를 이야기하는 것입니다.

근대 의학이 발전하면서 천연두, 결핵, 맹장, 콜레라 같은 병은 어렵지 않게 치료가 가능하거나 후진국형 질병이 되었습니다. 이것들 때문에 죽음이 찾아오지는 않는 시대에 살고 있습니다. 그러나 스트레스로 인한 과로사는 급증하고 자살률은 더 높아지고, 교통사고, 화재 같은 외부 요인에 의한 사고사는 늘어만 갑니다. 과학이 발전하고 자본주의가 고도화되면서 죽음의 양상은 더 다양하고 빈번해졌습니다. 철학자들이 강조한 것처럼 죽음은 절대적인 타자성으로, 비인칭적으로 엄연하게 눈앞에 존재하고 있습니다. 비가 오고 눈이 내리고 낙엽이 지는 것처럼 다가서는 죽음을 우리는 자주 외면합니다. 직시하지 않고 무시하고 혐오합니다. 죽음에 대한 성찰이 없으면 삶의 상상력도 빈약해지게 마련입니다. 그런 태도는 죽음이 없으면 삶도 무의미해진다는 아주 단순 명쾌한 명제조차 받아들이지 않는 것입니다. 이처럼 깊게 혐오할수록 죽음을 잘 설명하는 것도, 정면으로 응시하는 것도 점점 어렵게 되었습니다.

어느 해 늦봄 낙화가 한창이던 깊은 밤에 저는 '나는 당신과 하나랍니다'라는 문장에 전율했습니다. 여기서 '나'는 '죽음'입니다. 죽음이 가만히 귓가에 와서 제게 말을 건넸습니다. 내가 삶과 하나이듯이 당신은 나와 하나입니다!

주변의 가까운 동료 시인들이 시가 잘 풀리지 않는다며 힘들어할 때 저는 조용히 들어주고 술잔을 기울여주기만 합니다. 그게 최선이라고 생각하기 때문입니다. 누구나 그런 시기가 반복되어야만 이전과 다르고 새로운 작품세계로 나아갈 수 있습니다. 그와 헤어질 무렵엔 시가 안될 때 한 번쯤 읽어보라며 책을 추천해줍니다. 무겁고 두꺼운 책이 아니라 몇 권의 그림책이지요. 그림책은 아이들과 그 부모들만 읽는 책이 절대 아닙니다. 뛰어난 그림책은 글은 짧아도 그 여운이 아주 오래가는 시와 쌍둥이입니다. 텍스트에 색칠을 더해 새로운 시각적 상상력을 선사해주는 것은 시와는 또 다른 개성입니다. 제가 추천하는 그림책 목록에 추가한 것이 바로 『나는 죽음이에요』입니다.

죽음이 무엇인지, 죽음은 어떻게 오는지, 죽음이 왜 삶과 하나이고, 사랑과 같은 것인지, 끝내는 죽음이 왜 나와 하나라고 하는지…… 이처럼 따스하고 친절하게 들려주는 책은 없습니다. 죽음을 논한 숱한 철학서들만큼이나 사유가 깊은 그림책입니다. 노인의 죽음, 젊은 죽음, 아이의 죽음, 심지어 배 속 태아의 죽음까지 들려줄 때마다 제 내면에서 퍼내고 퍼내도 줄지 않는 슬픔의 샘물이 고이는 것을 느낍니다. 한꺼번에 맞닥뜨리는 많은 죽음들을 모아주는 상념에서는 삼풍백화점, 성수대교 붕괴부터 씨랜드 청소년수련원 화재, 세월호 참사까지 모두 떠올라서 가슴이 먹먹해졌습니다.

시 한 편에 대해 온전히 설명하기가 어렵듯 이 그림책 역시 쉽게 설명되기를 거부합니다. 오로지 읽는 이 각자가 가슴으로 느낄 수밖에 없습니다. 어쩌면 어제까지도 인식하지 못한 죽음이 다짜고짜 가슴속으로 쳐들어와 앞으로 남은 생 동안 세 들어 살겠다고 자리를 요구할지도 모릅니다.

짐작하셨겠지만 이 책에서 죽음은 혐오하거나 두려워할 대상이 아닙니다. 청록과 검정이 섞인 그림체로 묘사한 죽음의 형상은 무섭기는커녕 따스하고 아름답고 여리기까지 합니다. 또 죽음의 눈빛은 깊고 투명하고 생생합니다. 당신은 아마 '나는 당신과 하나'라고 고요하게 속삭이는 죽음을 왜 진작 만나지 못했는지 안타까워할 수도 있습니다. 재차 인용하자면 죽음은 곧 삶이자 사랑의 다른 말입니다. 제대로 살기 위해선 끊임없이 죽음을 명상하고 사유해야 합니다. 죽음을 제대로 껴안을 준비를 해나가는 여정이 곧 제대로 살아내는 삶이기 때문입니다. 어쩌면 죽음을 사유하지 않는 삶이 오히려 이미 죽어 있는 삶일 수 있기 때문입니다.

나는 죽음이에요 · 엘리자베스 헬란 라슨

나는 죽음이에요.

삶이 삶인 것처럼

죽음은 그냥 죽음이지요.

(…)

나는

새들이 눈뜨기 전

아침 일찍 찾아가기도 하고,

태양이 하늘 아래로 사라진 후

늦게 찾아가기도 해요.

(…)

문을 열어주지 않으면

나는 더욱 힘껏 두드려야 해요.

누구도 나를 피해

숨을 수는 없어요.

(…)

가끔은

솜털같이 부드러운 머리카락을 가진

작고 따뜻한 아이들의 손을 잡기도 해요.

한 걸음씩 함께 걸을 때면

아이들은 눈도 깜박이지 않고

나를 바라봐요.

(…)

걸을 수 없는 아이는

가슴에 꼭 안고 가야 해요.

부드럽고 달콤한 노래를

흥얼거리며 말이에요.

아직 태어나지 않은

배 속의 생명을 찾아갈 때도 있어요.

내가

나비와 민들레와 나무들,

눈송이와 맨발로 해안가를

첨벙거리며 뛰어노는 것

그리고 서로서로 가슴으로

사랑하며 사는 법을 이야기해주면

반짝반짝 빛나는 눈망울로

이미 알고 있다는 듯

나를 바라보곤 해요.

(…)

삶과 나는

문을 열면 바로 보이는

가까운 곳에

늘 함께 있어요.

(…)

사랑은 우연히 나를 만나더라도

절대 죽지 않아요.

나는 죽음이에요.

삶과 하나이고,

사랑과 하나이고,

바로 당신과 하나랍니다.

끝이 나기 때문에
사랑하는 것

사람 인(人) 자 모양을 '서로 기대고 받치는' 형상이라고 해석하기도 합니다. 인간은 태어나 죽을 때까지 외롭고 미숙하며 불완전하고 불안한 존재라는 것을 알려주는 해석입니다. 기댈 수밖에 없는 것이 인간입니다. 짝, 동무, 벗, 동지, 애인, 부부… '반려(伴侶)'를 발음하면서 동시에 떠올리게 되는 말들입니다. 그 말들의 배후에는 아름다운 음악처럼 사랑이 흐릅니다. 깊은 사랑에 빠진 자들은 연인 앞에서 태어난 때는 달라도 돌아가는 날은 같을 것이라고 기도하고 맹세하기도 합니다. 이것은 삶과 죽음을, 운명을 어떻게 할 수 있을 것이라는 오만하고 낭만적인 다짐에 불과합니다. 운명을 마음대로 할 수 있는 인간은 없습니다. 비상식적인 죽음과 커다란 재난 앞에서는 심지어 신조차도 인간의 운명을 어찌할 수 없다는 생각에 빠지기도 합니다.

> 김노인은 64세, 중풍으로 누워 수년째 산소호흡기로 연명한다
> 아내 박씨 62세, 방 하나 얻어 수년째 남편 병수발한다
> 문밖에 배달 우유가 쌓인 걸 이상히 여긴 이웃이 방문을 열어본다
> 아내 박씨는 밥숟가락을 입에 문 채 죽어 있고,
> 김노인은 눈물을 머금은 채 아내 쪽을 바라보고 있다
> 구급차가 와서 두 노인을 실어간다
> 음식물에 기도가 막혀 질식사하는 광경을 목격하면서도
> 거동 못해 아내를 구하지 못한,
> 김노인은 병원으로 실려가는 도중 숨을 거둔다
>
> 이진명 「눈물 머금은 신이 우리를 바라보신다」 부분

식탁에 앉은 시인은 조간신문에서 어느 노부부의 기사를 봅니다. 아침식사와 함께 차려진 죽음의 참상. 기도가 막혀 죽어가는 부인을 지켜보기만 해야 하는 중풍으로 누운 남편. 시인은 그 참상을 그대로 묘사하는 것만으로 한 연을 구성하고, 그 죽음의 현장을 미래의 자신의 초상과 겹치게 하는 데에 또 한 연을 채웁니다. 그렇게 죽어가는 '나'와 '우리'를 거동 못하는 반

려자가 바라봅니다. 운명을 어찌할 수 없는, 신조차 역시 거동도 못하고 바라보기만 합니다, 눈물만 가득 머금은 채.

우리는 이보다 더 비극적인 뉴스들도 일상적으로 접합니다. 뉴스일 뿐만 아니라 주변의 이야기, 곧 나의 이야기일 수 있다는 현실이 시인의 마음을 흔들어놓은 것입니다. 삶은 아름답지만 한편 지루하게 길거나 병들고 또 이처럼 잔인하기도 합니다.

×

저는 실내에서 고양이를 키우는 집에서는 가려워서 밤새 잠을 자기 어렵습니다. 언제부터인지 모르지만 고양이 알레르기가 있어왔습니다. 가만히 돌이켜보면 이 알레르기의 원인은 아주 오래된 고양이에 대한 기억에 있는지도 모릅니다.

초등학교에 입학하기도 전인 어린 시절, 세 살 많은 형과 저는 새끼 고양이 한 마리를 두고 자주 싸웠습니다. 세상에서 그보다 더 귀엽고 예쁠 수 없는 고양이를 조금이라도 더 만지기 위해서 다리 한쪽씩을 붙잡고 잡아당기기며 괴롭혔습니다. 극성스러운 아이들의 손을 많이 탄 고양이는 빼빼 말라만 갔고, 어느날 밤 이불 속에 들어와 잠자다가 형의 다리에 눌려 질식했습니다. 꽤 많은 양의 늦겨울 비가 내리던 그날, 형과 내가 뒷산에 고양이를 묻어주고서 비에 젖은 채 펑펑 울었던 기억은 지금까지도 차갑게 남았습니다.

그 시절 병약하고 작은 몸이던 내가 말을 타듯 등에 올라타고 놀던 백구 한 마리에 대한 추억도 있습니다. 아주 크고 새하얗고 또 든든하고 아름다운 잡종 진도개였습니다. 개장수가 찾아온 어느날은 개를 아주 먼 동네로 버리고 오기 위해 형이 처음으로 가출한 날이었습니다. 해 질 무렵 어깨가 축 처져 돌아오는 형의 눈치를 보며 지켜주겠다는 듯이 저 멀리서 뒤따라오던, 그래서 결국 개장수에게 팔려가던 그 개의 눈망울 역시 수십년이 지난 지금도 절대 잊히지 않습니다.

반려관계는 인간과 동물 사이에도 자연스럽습니다. 1인 가구가 늘어가는 요즘 반려동물은 더더욱 가족과도 같은 존재가 되었습니다. 외롭고 고독한 인간이 사람보다 반려동물에게서 더 많은 위로를 받기도 합니다. 여전히 인권이 개선되지 않고 아직도 전 세계에 굶어 죽는 아이들이 많은데 동물권을 말하는 게 한심하다는 주장도 있습니다. 그러나 그것은 사람과 동물의 구분을 벗어난 보편의 생명과 목숨, 사랑의 영역입니다.

때가 되자
그는 가만히 곡기를 끊었다.

(…)

고요히 몸을 벗었다 신음 한번 없이

갔다.

벗어둔 몸이 이미 정갈했으므로

아무것도 더는 궁금하지 않았다.

개의 몸으로 그는 세상을 다녀갔다.

김사인 「좌탈(坐脫)」 부분

김사인 시인은 한생을 같이해준 반려동물의 마지막을 마치 수도하는 선승(禪僧)이 업(業)을 벗어나 해탈하는 순간으로 비유하고 있습니다. 살다가 또 살다가 윤회의 사슬을 끊는 마지막 삶은 '맹인안내견'이 되게 해달라는 간절한 염원이 담긴 고형렬 시인의 「맹인안내견과 함께」도 있습니다. 아름답고 슬퍼서 한참 동안 먹먹해지다가 읽는 사람의 내면을 다시 맑아지게 만드는 시입니다. 한없이 약하고 낮고 낮은 것들 앞에 엎드려 우는 시인의 감수성이 잘 드러나는 시적 순간들입니다.

이쯤 되면 사람과 동물의 구분은 아무런 의미가 없어집니다. 이 개들은 이미 주인과 같고 사람과 한몸이 된 존재입니다.

✕

공교롭게도 모두 삶의 마지막 순간을 묘사하고 있는 시들을 읽었습니다. 모든 관계가 그러하듯 사람이나 동물이나 생명 가진 것들은 언제까지고 지속될 수는 없습니다. 오래되고 다정한 반려에도 종착지가 있습니다. 막을 수 없는 종말, 의도하지 않은 끝이 다가옵니다. 이 끝을 아름답게 만들려고 노력은 할 수 있으나 역시 마음대로 할 수 있는 것은 아닙니다. 노부부의 참상이 그러한 것처럼. 이것이 내가, 당신이 순간순간을, 하루하루를 지나온 시간보다 더 사랑해야 하는 이유입니다. 한 번이라도 더 따스하게 이름을 불러주고 안아줘야 하는 이유입니다. 언제 다가올지 모르는 파국 앞에 최선을 다해서 삶을 살아내야 하는 이유인 것입니다. 그러할 수 없는 때, 끝장날 때가 언제 올지 아무도 알 수 없기 때문에 더더욱 그렇습니다.

맹인안내견과 함께 · 고형렬

—종로3가역에서, 1998

나 이 세상에 다시 태어난다면

저 맹인안내견으로 한생 살다가

죽어서

그다음엔

다시 이 세상에 안 와졌으면

했다

주인을 끌고 다니느라 지쳐

다리가 아파

전철 바닥에 엎드려 있는

나를 쳐다보다 그만 외면하고 마는

선하디선한 맹인안내견

넓은 가죽끈을 가슴에 걸고

나는 어느 세월

말 못하는 누군가의 심복이 되어

한생 살다가

다시는

이 세상이 미워서도 싫어서도 아닌데

돌아오고 싶지 않다

모르는 어느 나라 도시 한쪽에서

다른 맹인안내견과

같이

주인을 데리고 가든가

저렇게 지쳐 바닥에 엎드려 있으면

난 후회가 없으리

그래서 어느날은 전철이

나와 주인을

쉬면서 가라고

이렇게 실어다주기도 할 것이다

그것도 미끄러지듯 가는

환히 불켠 지하에서

보고 싶다고
생각하는 순간
더 보고 싶어지는
사람들

"이 겨울이 가기 전에 같이 술 먹고서 꼭 그 음식을 먹어야 해."

녀석들도 참, 술 먹자는 이야길 특이하게도 하네, 근데 거참 궁금하게 만드네, 대체 무슨 음식이야? 얼굴 본 지가 오래된 만큼 보고 싶은 참이기도 했습니다.

홍성에는 늘 보고 싶어하는 후배가 둘이나 살고 있습니다. 수도권 대도시에서 초등학교 선생 노릇을 한다는 것에 대한 숱한 회의와 복잡다단한 갈등을 딱 접고 자발적으로 시골 학교로 전근한 K. 환경운동을 하다가 '자연스럽다, 자연답다, 스스로 그러하다(自然)'라는 말 그대로 세상에서 가장 자연스럽고 아름다운 말과 일을 몸속에 들이기 위해 생협 일을 오래해온 S.

홍성으로 갔지요. 오래 술 마시고 짧게 눈 붙이고, 쓰린 속으로 문제의 그 음식 앞에 앉았지요. S는 손님들 대접,이 아니라 해장시킨다고 전날 전전날에도⋯⋯ 아무튼 여러 날째 마주한다는 그 음식은 '어죽'이었습니다. 민물고기를 고아 걸쭉하게 만든 어죽이었습니다. 난생처음 먹어보는 어죽이었습니다. 정말 어죽처럼 생긴 어죽이었습니다. 해장음식, 보양식으로 그 지역에서는 아주 일상적인 그것은 뭐랄까, '영혼을 자극하는' 음식이라고밖에 달리 표현할 길이 없을 만큼 감동적이었습니다.

음식은 때때로 예기치 않게 상상력을 자극하기도 합니다. 음식이 생활을 규정하고 좌지우지할 때도 있습니다. 유년 시절을 강가에서 보낸 삶은 물에 의해 중요하게 간섭받는다, 흙, 물, 불, 공기와 같은 4원소가 상상력과 존재 성립의 아주 중요한 요소, 라는 바슐라르(G. Bachelard) 할아버지의 설법 역시 아주 감동적인데요. 저는 그 4원소가 집약되어 서린 것이 음식이 아닌가라고 다소 엉뚱한 생각도 합니다. 어린 시절 그 하늘과 땅과 공기와 바람과 온도와 습도와 땀방울, 그리고 다 탕진하고 낙향한 삼촌의 한숨과 첫사랑에 실패한 누이의 눈물이, 그때의 과일과 나물과 반찬에 모두 배어서 몸속에 남아 있다는 것이지요. 그렇지 않고서야 특유의 향과 쓴맛 때문에 싫어했던 고들빼기가 수

십년 뒤까지도 입안에 남아 급기야 가장 좋아하는 김치가 될 수는 없지요.

지역마다 '어죽' 같은 음식이 있는 모양입니다. 안도현의 시집 『간절하게 참 철없이』를 보면 알 수 있어요. 물외냉국, 갱죽, 안동식혜, 진흙메기, 건진국수, 전어속젓, 매생이국, 태평추, 시락국… 음식 이름이 곧 제목이고 시집의 절반 가까이가 음식 이야기입니다.

음식에 대한 시를 잘 쓴 이 중에 북쪽에는 위대한 시인 백석(白石)이 있고 남쪽에는 안도현 시인이 있습니다. 음식과 언어, 정서의 접근성으로 보자면 백석보다도 그에게 더 친연성을 느낄 수도 있습니다. 시인은 경상도에서 나고 자란 뒤 전라도에서 오래 살아왔지요. 모르긴 몰라도 그게 시인에게는 누구도 가질 수 없는 큰 자산일 겁니다. 언어와 음식과 문화, 정서의 충돌과 신선함 같은 게 더 시를 쓰게 하지 않았을까요. 외국어까지는 아닐지라도 이중의 언어를 가지고 있는 셈이지요.

×

각설하고 통영입니다. 「통영 서호시장 시락국」입니다. 통영을 처음 간 뒤로는 일이년에 한 번씩은 꼭 그곳에 가려고 애씁니다. 이름과 지역이 딱 어울리는 동네가 있지요. 여수는 왜 여수처럼 생겼는지, 통영은 왜 그처럼 통영처럼 생겼는지 모를 정도로 묘합니다. 생기 넘치는 어시장과 고요하게 반딧불 날리는 어촌과 눈 시린 바다빛이 다 있는 통영입니다. 그곳에 가면 (나폴리엔 가본 적도 없으면서) 왜 통영을 한국의 나폴리라 하는지 알 수 있습니다.

처음 갔을 땐 해장한다고 졸복국을 먹었는데요. 여행할 때 치밀하게 계획하고 동선을 미리 짜는 경우가 거의 없는 저로선 그 졸복국집 가까운 곳이 서호시장인지, 시락국집인지 몰랐지요. 스마트폰이 맛집 좌표를 상세히 알려주는 요즘엔 있을 수 없는 일입니다. 여하튼 두 번째인가 세 번째 갔을 때 해장한다고 시락국을 처음 먹은 순간, 역시 '영혼을 자극한다'라고밖에 달리 표현할 길이 없었습니다. 시래기와 어우러진 그 무엇, 추어탕과 비슷하나 전혀 다른 그 느낌은 정말 오래 남았습니다. 어죽이 그랬던 것처럼 시락국도 궁금하지만 쉽게 눈치챌 수 없는 재료들이 버무려지고 서로 스며든 음식이었습니다.

잘 버무리고 녹여내어서 재료를 잘 모르겠는 것, 그렇게 좋은 것이 어찌 음식뿐이겠습니까, 시도 마찬가지입니다. 이 정체는 과연 무엇일까 쭉 궁금했는데, 시인이 명확하게 알려주네요.

그것의 주재료는 바다장어가 아니라 '왁자'입니다. 끓어 넘치는 왁자, 눈먼 왁자, 오목한 왁자, 시장의 왁자, 바다의 왁자, 흥정하는 왁자, 삶의 왁자, 통통배의 왁자, 부르튼 손의 왁자, 비린내의 왁자…입니다. 이 시를 청각과 시각과 미각과 후각과, 그리고 또 모든 감각의 적절한 조화가 만들어낸 작품이라고 읽어도 틀린 것은 아니지요. 하지만 그런 식상한 말 대신 제 방식으로 이 시를 이야기한다면 그것은 '통영에 가고 싶다, 아주 간절하게'입니다. 마음을 움직이게 하는 것은 물론이고 실제로 발걸음을 움직이게 만드는 시, 그것이 좀 더 나은 시가 아닐는지요.

계절을 타면서 입맛이 없다면 『간절하게 참 철없이』를 읽으면 됩니다. 음식의 입맛은 물론 언어의 입맛도 살려줍니다. 「돼지고기 두어 근 끊어왔다는 말」과 같은 작품은 짠하고 짠해서 정서의 입맛까지도 되살려줍니다. 읽다 보면 당장 먹고 싶은 음식이 있는가 하면 내내 궁금한 채로 두고 마음속에서 충분히 익히고 삭혔다가 천천히 먹고 싶은 것도 있습니다. "목마른 항아리가 검은 머릿결이 아름다운 눈발을 벌컥벌컥 들이키"게 만드는 「안동식혜」처럼요.

×

음식에 대해 말한다는 것은 곧 추억을 이야기하는 것입니다. 명절 때마다 오랜만에 만난 친지들이 이야기하는 단골 소재가 음식인 것은 그것이 무엇과도 바꿀 수 없는 소중한 추억이기 때문입니다. 음식은 또한 그리움이기도 합니다. 보고 싶을 때 연락해서는 핑계 댈 게 없으면 괜히 무엇 좀 같이 먹고 싶어서,라고 이야기하지요.

야, 어죽 그거 꼭 겨울에 먹어야 좋은 음식 같지는 않더라. 봄에도 여름에도 사시사철 먹어도 좋을 거 같더라, 너희도 그렇게 생각하지? 잘 살고 있는지, 잘 지내는지,라는 말이 무심코 던지는 인사치레일 때가 있는가 하면, 진심으로 잘, 먹고, 잘, 숨 쉬며, 살아내고 있는지 궁금해 못 견디겠는 사람들이 있지요. 보고 싶다고 생각하는 순간 더 보고 싶어지는 사람들이 있지요.

통영 서호시장 시락국 · 안도현

새벽 서호시장 도라무통에 피는 불꽃이 와자하였다

어둑어둑한 등으로 불을 쬐는 붉고 튼 손들이 와자하였다

숭어를 숭숭 썰어 파는 도마의 비린내가 와자하였다

국물이 끓어 넘쳐도 모르는 시락국집 눈먼 솥이 와자하였다

시락국을 훌훌 떠먹는 오목한 입들이 와자하였다

꽃이 떨어지고
청춘이 다 져버린다 한들

비가 오려 할 때 · 문태준

비가 오려 할 때

그녀가 손등으로 눈을 꾹 눌러 닦아 올려고 할 때

바람의 살들이 청보리밭을 술렁이게 할 때

소심한 공증인처럼 굴던 까만 염소가 멀리서 이끌려 돌아올 때

절름발이 학수형님이 비료를 지고 열무밭으로 나갈 때

먼저 온 빗방울들이 개울물 위에 둥근 우산을 펼 때

멀리서 바람꽃이 피고 대지가

소란하고 바빠지면서 물 냄새가 날 때가 바로 비 오기 직전이

지요. 이런 한순간을 포착해내는 시인의 감수성은 남다릅니다. 1행을 따로 떼어내서 손에 들고 있다가 맨 마지막에 붙여도 보고, 각 행간에 넣어서도 읽어보세요. 원래가 운율과 리듬이 뛰어난 시지만 또 다른 리듬이 발생합니다. 소품 같지만 정말 많은 게 담겨 있는 시입니다. 연애 또는 실연의 순간도 있고(2행) 관능적인 자연의 숨결(3행)과 절뚝거리는 농사꾼의 마음(5행), 그리고 선명함과 세밀한 생생함을 극대화시키는 아름다운 이미지(6행)도 있습니다.

그리고 무엇보다 제 눈이 오래 머무는 곳은 바로 '염소'입니다. 공증인처럼 구는, 그것도 소심한 공증인 같은 염소입니다. 강렬하고 개성적인 4행의 비유는 아마도 문태준 시인만이 쓸 수 있는 구절일 것입니다.

"소심한 공증인처럼 굴던 까만 염소"는 대체 어떤 녀석일까요. 혹 흑염소의 눈을 빤히 바라본 적이 있는지요. 많은 동물들의 눈을 들여다보았지만, 소나 고양이의 눈과는 또 다른 매력이 있는, 참으로 독특한 눈을 염소는 가지고 있습니다. 녀석의 성격처럼 깐깐하고 고집스러움을 담고 있는데, 그러고도 맑은 눈인데, 뭔가 알 수 없는 느낌을 풍기는 게 염소의 눈입니다. '뭔가 알 수 없음'이 내내 궁금했는데 이 시가 알려줍니다. 시인의 표현이 딱 들어맞습니다. 고집스러우나 소심한 눈빛입니다. 그래서 '소심한 공증인'은 염소를 가장 잘 표현하면서 시적 이미지의 완성도를 높입니다.

이 시에 주목한 것은 '~ㄹ 때'가 통제하는 상황이 비 오기 직전을 잘 묘사하고 있기 때문입니다. 심지어 이 시의 구절들은 비가 오지 않을 수 없게끔 만든다는 착각까지 불러일으킵니다. 시구절이 자연을 움직이게 한다? 이상하게 여길지 모르지만 간절한 시구절은 독자 내면에서 그런 힘으로도 작동한다고 저는 생각합니다. 상상력을 확장하면 그 힘이 더 강해지기도 하지요.

즐겁고 좋은 것은 역시 마음대로 시를 변주해 읽는 데 있습니다. 비가 '와야만 할 때' '왔으면 하는 때' '오고 있을 때'를 상정하고 각자가 어떤 구체적인 상황을 상상해보세요. 그러면 단순한 읽기에서 탈피해 능동적인 창조의 공간으로 들어가는 길이 열릴 겁니다. 박수갈채가 필요한 데에, 깊은 비애와 절망에 다가가 위로를 건네야 할 순간에 비를 내리게 하는 풍경을 상상하는 것, 그것이 바로 시적 풍경이 될 것이고 그 상상에 동참하는 개인들은 모두가 다 시인인 것입니다.

흔히들 비가 오는 날에 잘 어울리는 음악과 음식을 이야기하지요. 거기에 더해 비가 올 때 다시 한번 읽고 싶은 작품을 서로에게 추천해준다면 읽는 문학을 넘어 '하는' 문학의 경지에 이르는 것입니다.

비 하면 제가 떠올리는 대표적인 작품들이 있습니다. 소월(素月)의 「왕십리(往十里)」와 오규원의 「비가 와도 젖은 자: 순례 1」, 박상륭의 단편 「남도 1」이 그것입니다. "비가 온다/오누나/오는 비는/올지라도 한 닷새 왔으면 좋지"로 시작하는 「왕십리」는 음악적으로도 정서적으로도 제가 뽑는 소월의 대표작입니다. 읽으면 익을수록 쓸쓸함이 더 무르익고 깊어지기 때문에, 직설적이어서 조금은 소름이 돋는 「진달래꽃」이나 「산유화」보다도 탁월한 시라고 생각하고 있지요. 박상륭 선생의 초기작 「남도 1」 역시 남도의 사투리와 정서가 독보적이고 압축적인 데가 있어서 소설 전체가 절창의 시라고 해도 과언이 아닐 만큼 아름답고 눈물 나는 작품입니다. 폴 발레리(Paul Valéry)의 "바람이 분다, 살아봐야겠다"를 다시 인용하기도 한 오규원의 '순례' 연작은 바람 불고 비가 내릴 때마다 비 속을 뛰어다니며 흠뻑 젖었던 당신과 나의 뜨거운 청춘과 절망을 함께 건너가준 시들입니다. 그 시절 한창 열애 중일 때 읊조리던 시도 있군요.

은행나무 아래서 우산을 쓰고

그대를 기다린다

뚝뚝 떨어지는 빗방울들

저것 좀 봐, 꼭 시간이 떨어지는 것 같아

기다린다 저 빗방울이 흐르고 흘러

강물이 되고 바다가 되고

저 우주의 끝까지 흘러가

다시 은행나무 아래의 빗방울로 돌아올 때까지

그 풍경에 나도 한 방울의 물방울이 될 때까지

원재훈 「은행나무 아래서 우산을 쓰고」 부분

시인의 시선이 참으로 예민하고 아름답습니다. 사랑하는 사람을 기다리는 시간은 가장 설레면서도 아직 만나지 못했기 때문에 아주아주 기나긴 시간입니다. 모든 순간순간이 찰나 속 영원이지요. 그래서 '빗방울이 강물이 되고 바다가 되고 우주의 끝까지 흘러가 다시 은행나무 아래의 빗방울로 돌아올 때까지' "그 풍경에 나도 한 방울의 물방울이 될 때까지" 기다린다는군요. 연인을 기다리는 간절함이라면, 진실로 진실로 기다림이라면 이 정도는 되어야 사랑이라 하겠지요. 그럴 때라야 "물방울보다 작아지는/내가, 내 삶에 그대가 오는 이렇게 아름다운 한 순간을"(같은 시), 가장 빛나는 사랑의 순간을 경험할 수 있겠지요.

지금은 멀리 지방에 있는 친구는 비 때문에 내면까지 젖는 날이면 간혹 모든 걸 던져두고 실성했더랬습니다. 잊을 만하면 전화가 오지요.

"비 소리 연주가 세상에서 가장 아름다운 아늑한 구석에 술상 봐놨다, 언능 오시라."

지금은 철거된 종로 피마골 어디쯤의 한낮 술이지요.

"일은?"

"나처럼 병가 내."

회사 정문까지 다 가서는 뒤돌아갔으니 그의 도진 병에 병가가 틀린 말은 아니지요. 지금도 이따금 지방 어디어디 가장 아름다운 풍경에서 듣는 비 소리라며 전화기를 통해 '먼 소리'로 약을 올리곤 합니다.

요즘 비는 전에 내리는 비와는 성격이 많이 변해 그악스럽고 거칠어졌습니다. 내렸다 하면 폭력적으로 내리니 이미 뿌리 깊은 기득권이 되어버린 인간의 일상이, 소비와 욕망이 온실가스에 군불을 지피며 지구를 멸망으로 몰아간다고 눈앞에서 증명하며 시위하는 듯합니다. 어느 해인가 고향에 비가 하도 무섭게 내린다는 뉴스를 보고 전화를 넣었더니 어머니가 그러시더군요.

"지금은 게으름쟁이 잠 자알 오게 비가 오신다아."

　제가 어릴 적부터 장대비와 장대비 사이 휴지기에 순하게 내리는 비를, 아니면 근본이 순한 봄비나 가을비를 가리켜 늘 하시던 말씀이지요. 이 말의 의미는 이중적입니다. 일이 바쁠 때는 말 그대로 게으름을 탓하는 말이지만, 다른 때는 그야말로 평온한 순간에 가장 평화롭게 자장가를 부르며 내리는 비를 가리킵니다. 그 말은 제가 청춘의 고비마다 엎어지고 버림받고 상처받은 뒤 약에 의지해 잠 속으로 도피할 때마다, 반수면이나 가수면 속으로 비 소리와 함께 섞여 오는 안부여서 듣고 들어도 여전히 짠해집니다. 그러고 보니 어머니의 말과 함께 떠오르곤 하는 김시습(金時習)의 시도 있군요. 그래요, 비가 오시는 날이면 문을 걸어잠그고 독서와 다도(茶道) 따위들 모두 집어치우고 '게으름쟁이' 비 소리 속으로 깊이깊이 빠져들면서 잠을 탐(耽)하고 탐(貪)해볼 일입니다. 내리는 비로 사방천지에 꽃이 떨어지고 청춘이 다 져버린다 한들 별수 없지요, 속절없는 노릇이지요.

잠 속으로 빠져들다(耽睡) · 김시습

온종일 누워 잠만 즐기다가(竟日臥耽睡)
게을러져 밖에는 나가지 않는다(懶慢不出戶)
책상에 내던져둔 책들(圖書抛在床)
낱권들이 뒤섞여 어지럽다(卷帙亂旁午)
화로엔 향기 피어오르고(瓦爐起香煙)
솥에는 차가 끓어 운다(石鼎鳴茶乳)
미처 몰라버렸네, 해당화(不知海棠花)
온 산 적신 비에 다 떨어져버린 것을(落盡千山雨)

가장 어리석고
가엾은 사람 곁에 남아

〳 낙
신 타
경 〳
림

　　　　　　가끔 작가와 시인의 운명과 수
명에 대해 생각해봅니다. 평생 글쓰기의 고통, 그 아프고 아름
다운 영역에서 벗어나기를 단호히 거부하고, 기꺼이 운명과 맞
서는 그들에게 우리는 내면 깊숙한 우물에서 솟아나는 찬사를
보내야 마땅하지요. 하지만 운명과 수명은 분명 다릅니다. 끝까
지 긴장과 완성도를 견지하면서 작가로서의 수명을 유지해야
한다는 것은 그들에게는 어쩌면 운명보다 더 가혹한 형벌이 될
수 있지요.

　작가들 사이에서 이 유효기간을 두고 길게는 십년, 박하게는
이년을 거론하는 것을 들은 적이 있습니다. 고인이 되었거나 생
존해 있는 작가, 시인들을 일일이 거론하지 않아도 나이를 먹

어감에 따라 필력과 작품세계가 풍화되는 경우는 얼마든지 있지요. 특정한 사상과 철학에 경도되거나 종교에 귀의하거나, 소재의 고갈로 자주 여행을 떠난 뒤 그것을 작품화하거나, 최악의 경우 동어반복을 무의식중에 반복하거나…… 그 양상도 다양하게 나타나지요. 그래서 우리는 수많은 시인, 작가들의 말년 작품세계에 대해 평이 호의적이지 않거나 쉬쉬하는 경우를 심심찮게 목도하게 됩니다.

아주 오래전 내몽골을 여행하다 사막에서 낙타를 만난 적이 있어요. 동물원에서 보는 것과 달리 실제로 만지고 올라타 한참 동안 사막을 산책했습니다. 저는 여태껏 살아오면서 그토록 순하고 깊고 슬픈, 고요하고 느린 눈빛은 그 어느 짐승과 사람에게서도 경험하지 못해서 그 충격으로 하마터면 눈물이 날 지경이었습니다. 그 눈빛이 맑기 그지없어서 정면으로 응시하는 것조차 힘들었고, 쌍봉 사이에 앉아 낙타 등을 만질 때는 하도하도 따스해서 순간, 제가 지금 이 봉우리를 잡을 건데 그래도 되겠습니까,라고 중얼거릴 뻔도 했지요. 일생을 승용·역용(役用) 동물로 인간을 위해 사막을 떠돌다가 끝내는 식재료가 되고 가죽까지 바쳐 희생당하는 짐승, 낮고 겸손하고 따스한 낙타. 그래요, 낙타는 고행하는 성자와 같습니다.

빠르게 사막화되는 이 땅에서도 그 낙타를 만날 수 있습니다. 그건 아주 드문, 그래서 행운이라고 할밖에 없는 일이지요. 시인 신경림과 그의 시가 바로 그 행운입니다. 「농무(農舞)」 「눈길」 「파장(罷場)」 「갈대」… 첫 시집부터 그의 대표작은 대표작이라는 말이 무색할 정도로 많지요. 「농무」는 물론이고 "못난 놈들은 서로 얼굴만 봐도 흥겹다"(「파장」)라는 구절만으로도 한 시대를 들었다 놨고, 많은 사람들의 한 시절을 춤추게 했다고 해도 과언이 아니지요.

대학에서 새 학기만 되면 아직도 선배들이 신입생들을 포섭(?)해 동아리에 가입시키려고 애를 쓰는지요? 예전 대학가 풍경을 떠올려보면 문학, 야학 같은 동아리들이 내건 새내기 모집 안내문에서 이런 구절을 종종 보았지요. "가난하다고 해서 그리움을 버렸겠는가/(…)/가난하다고 해서 사랑을 모르겠는가/(…)/돌아서는 내 등 뒤에 터지던 네 울음./가난하다고 해서 왜 모르겠는가" 바로 신경림 선생의 「가난한 사랑노래」의 일부지요. 이처럼 선생의 시는 알게 모르게 늘 우리 주변에 있어왔습니다.

이미 대가인 신경림 선생의 시는 물론 그의 인간적 풍모를 이야기한다는 것은 쉽지 않은 일입니다. 그래도 지금, 이 순간 한 단어만 선택할 수밖에 없다면 바로 '낙타'입니다. 시집 『낙타』에는 그 '낙타'의 일생과도 같은, 깊게 아름답고 슬퍼서 오래 들여다보게 하고, 들여다볼수록 눈가를 적시게 하는 힘이 있습니다. 표제작은 물론이고 시집 전반에 걸쳐 이러한 긴장과 정조와 감동의 끈을 놓치지 않습니다. 「낙타」는 인간의 삶과 윤회의 고리를 참으로 절묘하게 형상화해냈기 때문에 자꾸만 읽고 또 읽게 만들지요. 읽는 이 자신도 모르게 마음속에서 도돌이표가 작동해서 처음부터 다시 재생하고 그럴수록 더 젖어들게 됩니다. 시적 정서에도 변증법이 작동하고 적용된다면 이 시만큼 탁월한 것이 또 있을까요. 반복해서 연주해보세요, 마술같이 깊어지고 깊어집니다. 선생의 시에서 음악을 떠올리는 건 새삼스러운 일입니다. 초기 대표작이 흥을 돋우는 신명 나는 리듬이라면 이 시는 서정적인 판소리의 눈대목이자 맑은 밤하늘의 녹턴입니다.

이 시에서 저의 내면의 사막 한가운데를 스쳐간 유성이 있습니다. 그것은 바로 '짐짓' '어리석은' '가엾은' 같은 시어입니다. 누구든 「낙타」를 따라 팍팍한 삶과 운명의 사막을 걷다가 이 단어들을 마주하게 된다면 걸음을 멈추고 먹먹해진 가슴을 붙잡고 오래 생각하게 될 것입니다. 분명 「낙타」는 천상병 시인의 「귀천」과 더불어 인간의 한 생애를 되짚게 하면서 푸르게 빛나는 불멸의 항성으로 남을 겁니다.

　시집『낙타』를 읽다 보면 노장이 어깨에 힘을 빼고 혈기 방장한 이십대를 제압하는 상황이 무술영화에만 있는 게 아니라는 걸 깨닫습니다. 쉽고 편하게 읽히나 그 깊이는 쉽게 가늠하기 힘들지요. 이 시집에는 여행 시편도 많고 신과의 대결 의지도 드러납니다. 하지만 선생의 시는 앞서 언급한 종교에 의탁하거나 소재를 찾아 떠난 여행 시와는 격이 다르지요. 이러한 것들이 끝끝내 시인으로서의 운명을 놓지 않고 처절하게 밀고 가는 노시인에게 경의를 표할 수밖에 없는 까닭입니다. 또 이것은 사는 게 힘들다며 징징대는 친구 선후배들을 만날 때마다『낙타』를 읽어보라고 하는 이유이기도 합니다.

　「낙타」를 읽어드리고 싶었던 이유 중 하나는 미세먼지 때문이기도 했습니다. 이젠 최악의 미세먼지와 황사가 일상이 되어버렸습니다. 그래도 오염되기 전 내몽골 사막의 모래알과 그 모래바람 속으로 걸어가는 "어리석은" "무슨 재미로 세상을 살았는지도 모르는" 낙타를 떠올리면, 그의 깊은 눈과, 긴 눈썹과, 가엾은 성자의 다리와 순한 걸음걸이를 떠올린다면, 미세먼지 자욱한 하루도 답답함이 조금은 가시지 않을는지요.

낙타 · 신경림

낙타를 타고 가리라, 저승길은
별과 달과 해와
모래밖에 본 일이 없는 낙타를 타고.
세상사 물으면 짐짓, 아무것도 못 본 체
손 저어 대답하면서,
슬픔도 아픔도 까맣게 잊었다는 듯.
누군가 있어 다시 세상에 나가란다면
낙타가 되어 가겠다 대답하리라.
별과 달과 해와
모래만 보고 살다가,
돌아올 때는 세상에서 가장
어리석은 사람 하나 등에 업고 오겠노라고.
무슨 재미로 세상을 살았는지도 모르는
가장 가엾은 사람 하나 골라
길동무 되어서.

2부

당신과
함께한
침묵의 푸른빛

말과 말 사이,
새가 날고 꽃이 피고
별똥별 진다

이십대 후반 어느 꽃그늘 따스한 오후, 저는 우연히 한 시인의 강연을 듣게 되었습니다. 모 대학원 강의실, 청중이 스무 명 안팎 정도 되는 좁고 숨 막히게 고요한 시간이었지요. 세세한 내용은 잘 기억나지 않지만 시인은 하이데거의 '존재'를 던지는가 하면 천천히 불교의 연기설을 떠올리게 하는 '존재론'으로 넘어갔다가, 또 더 천천히 그 '온 존재'들과 연결되는 시적 사유로 건너가고 있었습니다. 소박하고 멋진 강의였죠.

한데 점점 제 '온 존재'에 쥐가 나기 시작했고 실제로 숨이 막힐 것 같았습니다. 옆에 앉은, 무척이나 매력적인 시인의 강의라는 소문에 얼결에 따라온 선배 역시 쥐가 들락날락하는지 손을 쥐었다 폈다, 발은 동동, 어깨를 주물럭주물럭, 메모하는 척 불만 가득한 필담, '충청돈가베? 금방 술 묵는 자리라 안캤나, 술은 운제 묵노?' 충청도 사투리를 흉내 낸 저의 대꾸, '글씨유, 난덜 저간에 짚은 사정을 알았남뉴…… 오늘 안에 목구녕에 술칠이나 할 수 있을랑가 몰겄슈……'

그래요. 시인의 말의 속도에 문제가 있었습니다. 보다보다 난생처음 듣는, 느리게 이야기하기로 치면 기네스북에 오르고도 남을, 그만큼 천천히 이야기해내면 연인의 변심을 되돌리게 해준다 한대도 도무지 흉내 못 낼 충청도 사내의 침묵의 시간이었지요. 그의 말과 말 사이에는 기본이 오초, 십초…… 거짓말 안 보태고 일분까지도 침묵이 뛰어댕기고 있었지요. 그 침묵의 쥐를 잡으려는 노력은 여러 방법으로 나타났습니다. 시인의 어록은 하나하나가 더할 나위 없이 깨끗했는데, 깨끗하기만 해서 좀 오기가 발동했다고 하면 이상한가요? 여튼 들은풍월 개똥철학을 한껏 발휘해 시인의 말 하나하나에 반대하는 토를 달기 시작했습니다. 어찌나 고요했던지 사각사각거리는 제 연필 소리에 깜짝깜짝 놀라기도 했더랬습니다.

──언어는 시의 감옥이고 육체이고 욕망이다, 하여 시어의 영역은 근본적으로 시장 바닥이고 왁자지껄한 소음의 심장이

다. 또한 작은 바람에도 흔들리는 온갖 잡(雜)스러움의 순간들, 기꺼이 욕망을 감추지 않는 잡것들의 들숨과 날숨이다.

──선시(禪詩)라는 말처럼 헛되고 무용한 것도 없다. 그것은 시의 영역도 깨달음의 영역도 아닌 오줌 마려운 강아지의 구역이다. 그 개에게도 불성은 있다? 있든지 말든지.

──하여 훌륭한 시인은 욕망과 깨달음의 경계에서 줄을 타면서 자유자재로 이쪽저쪽을 넘나드는 광대이다……

이 메모 놀이도 지겨워져 저는 강의실 창밖으로 올림픽대로를 바라보며 또 다른 딴짓, '사이 놀이'를 했습니다. (다시 말하지만 순전 쥐 때문이었지요.) 말과 말 사이에 차를 세는 놀이. 시인의 말과 말 사이, 올림픽대로 4차선에서 승용차 열다섯 대와 트럭 한 대 지나갔다, 말과 말의 좀 더 긴 사이, 스물두 대 지나갔다, 그 차들 안에는 각각 우는 아이와 싸우는 부부와, 부모의 임종을 지키러 가는 자식들과, 애인을 만나러 가는 사람과, 그리고 지금 이 순간 한 남자와 헤어지려고 마음을 딱 접은 여자……가 타고 있다,라고 맘대로 상상하는 놀이였지요.

사위엔 어느새 어스름이 깔리면서 바로 당신과 내가 속수무책으로 빠져들곤 했던 시간, '투명한 슬픔과 침묵의 찰나들'로 명명하며 우리가 몸서리나게 사랑했던 푸른빛의 시간(l'heure bleue)이 번지기 시작했습니다. 당신과 내가 도대체 언제부터 어긋나버렸는지 도무지 알 수 없어서 자꾸 허물어지는 마음과 그렁그렁해지는 눈을 감추려고 고개를 숙였습니다. 당신 삼매경에만 빠져서 '은하수 유성우보다 밤바다 폭설보다 더 그립다'라고 쓰는 거친 연필 소리가 좀 더 크게 울리는 줄도 몰랐는데 그 순간 시인과 제 눈이 딱 마주쳤습니다. 저는 화들짝 눈가를 훔쳤고, 시인은 캔 커피를 책상이 아프지 않게 적당히 힘을 두어 딱, 내려놓더니 왈, "이 캔이 여기까지 오게 된 우연 속에도 숨 쉬는 숱한 인연들이 있겠지요, 2교시 갑시다" 하시는 것이 아니겠습니까. 불시에 졸음을 쫓아낸 선배 왈, "얼씨구, 깡통의 인연으로 만납시다! 절씨구!"

2교시는 술 마시자는 것이었으므로 여러 얼굴들의 아연 사색엔 꽃이 피었지요. 그 말과 말 사이의 침묵은 술자리가 무르익어도 계속되어서 정말 놀라웠지만, 더 놀라운 건 들으면 들을수록 커지는 그만의 침묵의 힘이었습니다. 술집의 모든 소음을 빨아들이는 힘, 옆 테이블의 사람들까지도 입을 다물고 바라보게 하는 힘, 그날 밤 모든 주정과 악다구니들은 모두 순해져서 그 침묵 속으로 투항했지요. 괜히 그 침묵에 저항한다고, 정말 괜히 제가 내뱉은 말은 그만, 해서는 안될 말이었지요. "선생님, 근데 왜 시를 안(못) 쓰시고 시집도 안(못) 내세요?"(당시 시인은 첫 시집을 낸 지 십년도 더 지나 있었죠.) 덧붙여 더 해서는 안될 말까지, "이제는 수배된 세월도 아니면서……"(1990년대 초 그는 '노해문'(『노동해방문학』) 때문에 수배당해 잠수를 탔었죠.) 천천히 되돌아온 그의 무심한 듯 부드러운 말에 저는 두 손 두 발 다 들었습니다.

"글쎄요, 나도 그걸…… 잘…… 잘…… 몰르겠어요, 그나저나 술이…… 좀…… 덜…… 들어가신 거 같은디……"

부딪쳐오는 그 술잔의 쨍강! 소리에 한칼 맞고 저는 화두도 없이 소소하게, 불량배처럼, '바르게살자운동본부'처럼 깨달았습니다. '차카게 살자, 앞으로 상처 주는 말 하지 말자.' 물론 먼동 틀 새벽 무렵엔 그 깨달음도 어디론가 날아가버렸고, 누군가는 노래 부르고 누군가는 조증과 울증을 오가다가 잠들고, 또 누군가가 갑자기 펑펑 울어버린 바람에 당신을 보고 싶은 마음이 무너져버린 나도 홀짝이다가 그치다 하면서 흐지부지 4교시를 마쳤지만요.

그로부터도 또 십년 가까운 시간이 흘러도 시인은 시집을 내지 않았습니다. 그 시간 동안 저는 문득문득 '참 어지간히 일관성 있는 양반이네'라는 생각을 했습니다. 시간이 더 흐른 뒤 "믿거나 말거나 수배 시절 시집 한 권 분량을 잃어버렸다네, 그게 오히려 더 잘된 일이지"라는 말을 시인에게서 들을 수 있었지요. 눈치챌 것도 없이 김사인 시인 이야기입니다.

×

저는 한 시집 안에 순전 제 개인적인 판단에 따라 마음에 드
는 시 세 편만 있으면 좋은 시집, 다섯 편 정도 있으면 정말 훌륭
한 시집이라고 생각해요. 그런 시집은 친구들에게 소개하기도
편하지요. 쉽게 한 편을 골라 일러주면 다들 좋아하니까요. 그
런데 김사인 시인이 징글징글하게 오랜만에(무려 십구년) 펴낸
시집 『가만히 좋아하는』은 참 난감합니다. 시 한 편을 소개하기
에는 정말 어려운 시집이지요. 저의 '들은풍월 개똥철학'도 단
번에 비웃고 마는 명편들이 갈피마다 가득 펼쳐집니다.

술을 안 먹을 수 없게 만드는 「봄밤」, 인생의 힘겨운 고비마
다 유체이탈하여 읽고 싶은 「노숙」, 달려가 손잡아주고 싶은 어
린 남매의 풍경 「오누이」, 민초들의 정(情)과 밥벌이의 현장이
생생한 「덕평장」, '안 그런 척' 통하는 첫사랑의 달큰한 냄새가
맡아지는 「옛 일」, "누구도 핍박해본 적 없는 자의/빈 호주머니
여"라는 구절 하나로 존재의 뒤통수를 내리치는 「코스모스」, 더
이상 섬세할 수 없는 「풍경의 깊이」, '한밤중에 깨어 앉아 머리
를 감는 여자' 때문에 더 쓸쓸해지고 깊어지는 「늦가을」… 끝도

없습니다.

　근데 왜 얼핏 밋밋하고 단순해 보이는「꽃」이냐고요? 그래요, 제목도 흔한 '꽃'이고 평범한 시입니다. 평범하지만 한편 일상의 위대함을 강조한 시이기도 합니다. 혹 이 시에서, 깊이 아주 깊이 '당신을 사랑한다' 하는 말이 숨어 있는 거 읽어내셨나요? 깊은 고요 속에 숨겨놓은 고백입니다.

　이 시에서 화자와 연령대를 어떻게 설정하느냐에 따라 '꽃'은 물론 꽃 자체이지만 남자일 수도, 여자일 수도 있습니다. 어찌 보면 이 시는 아이가 있는 지상의 모든 부부에게 바치는 것일 수도 있어요. 가장 손쉽게 화자를 평범한 사십대 인물로 설정해보지요. 그 경우 꽃은 남편이거나 아내인 게 좀 더 분명해집니다. 당연히 꽃은 꽃과 반려자의 중의입니다. 둘 중 하나가 아파 누웠고, 나도 "밤내 신열에 떠 있다가" 들창을 엽니다. 그 어디에도 젊은 연인들이 말할 법한 '당신과 같이 그 병을 앓고 싶다'라는, 조금은 오그라드는 고백이 없는 대신 실제로 같이 앓아버리는데, 시 속의 화자는 또 그럴밖에 별 도리가 없습니다. 이 행위보다 강렬한 사랑이 또 있는지요. 3연의 "살아야지"는 사는 게 곧 사랑임을, 함께 살아내는 일상이 곧 사랑임을 일러주기도 합니다. 마지막 연에 이르면 이 일상은 한층 더 강조

되지요. "새끼들 밥 해먹여/학교 보내야" 하지요. 더 이상 두말 은 필요 없습니다. 그들에게는 하루하루 살아내는 일상이야말 로 가장 위대하고 아름다운 사랑이자 꽃이 됩니다.

여하튼 저의 사이 놀이는 오래전 그 강의실에서 시작되었습 니다. 시인 김사인의 말과 말 사이, 새가 날고 꽃 열세 송이 피었 다, 그 옆에 열두 송이 지면서 윙크한다…… 한번 해보세요. 괜 찮습니다, 내면에서 무언가가 깊어집니다. 그 사람의 말과 말 사이 별똥별이 두 개나 떨어졌다, 당신의 눈꺼풀이 한 번 닫혔 다 열리는 사이 가장 아름다운 윤슬이 빛난다, 내 아이의 옹알 이와 옹알이 사이 지구 반대편에서 밤새 잠 못 잔 아이는 열이 내려 곤한 잠에 든다…… 이런 식으로요. 물론 그 상대는 정말 '가만히 좋아하는' '사무치는' 대상으로 할수록 더 좋겠지요.

저는 늘 시적인 것들을 놓치고 뒤늦게 후회합니다. 그 시절 김사인 시인의 침묵의 시간이, 우리들의 말과 말 사이에 멈춰 선 공간이 깊은 시가 되는 순간이었음을 이제야 알게 됩니다. 당신 과 함께한 그 푸른빛이 영영 다시 찾아오지 않는다는 걸 알고서 야 비로소, 순간순간 세계의 모든 소음을 소멸시키며 침묵만으 로 떨리던 당신의 눈빛만큼 아름다운 시는 없음을 깨달았습니 다. 그러하니 제가 정말 하고 싶었던 이야기는 '침묵'이었는데,

이제 침묵만으로 침묵을 말하려던 참이었는데, 이렇게까지 침묵을 실컷 떠들고 들춰내고 말았습니다. 아무도 모르게 오직 당신에게만 '침묵으로부터 오는 봄'(M. 피카르트)의 안부를 전하고 싶었는데, 저의 소음과 수다가 또 무턱대고 길어져버렸군요.

꽃 · 김사인

모진 비바람에
마침내 꽃이 누웠다

밤내 신열에 떠 있다가
나도 푸석한 얼굴로 일어나
들창을 미느니

살아야지

일어나거라, 꽃아
새끼들 밥 해멕여
학교 보내야지

시인으로
죽는다는 것

　　　　　　　　　새로운 한 해의 시작을 앞둔 12월
은 송년회뿐만 아니라 오랜만에 안부를 묻기 위한 모임이 많은
때지요. 문단에도 연말이 되면 각종 문학상 시상식을 비롯해 송
년회 행사로 어수선한 시간이 빠르게 흐릅니다. 수상을 축하하
고 한 해를 아쉬워하는 그런 자리에 가야만 일이년에 한 번씩이
라도 얼굴을 보는 사람들이 제법 많습니다. 의례적으로 인사를
하고 안부를 묻고 그러고 돌아서서 또 정신없이 살다 보면 또
일년 뒤에야 같은 인사를 나누는 게 전부이지요.

　며칠 전 어느 모임에서였습니다. 유쾌한 소음들이 지나치게
흥성해서였을까요? 엉뚱하게도 눈이 마주치는 사람들에게 묻
고 싶은 말 하나가 솟아났습니다. '오년 뒤에는 뭐 하고 있을 거

냐고, 오년 뒤에는……'

오년 뒤엔 뭐 하고 있을 거냐고 그가 물었다. 산동네 오르는 비탈길 껑충한 그의 그림자 달빛에 정처없는 듯, 바람 같은 생이 기약없이 떠도는 사이 여자가 시집이라도 가버리면 어쩌나. 그래서 오년 뒤 불쑥 아이엄마라도 되어 있으면 어쩌나. 그 물음의 쓸쓸한 의도를 알아차려 문득 슬픈 나는 오년 뒤 서른다섯.

(…)

그후 그는 영판 떠돌이로 바람결 귀엣말 속에만 존재했고 오년 뒤, 아이 엄마도 되지 못하고 산동네 아기들의 기저귀도 갈아주지 못한 채 비탈길 오르는 내 발걸음이 숨차다. 그 솜틀집이며 담뱃가게 그리고 그 언덕길의 달맞이꽃. 지난날의 기억들이 발밑에서 먼지로 날아오르고 포크레인 소리가 자주 가슴을 갈아엎는다. 오년 뒤를 물어보던 그 폐허에서 그를 비껴간 대답처럼 그의 절망을 비껴간 나는 여전히 할말이 없어 부끄럽고.

먼지바람 자욱한 비탈길을 내려오는데 문득 두려워졌다. 평지에 발을 딛는 순간 비탈 위의 기억들이 재가 되어버릴까 봐. 때문은 작업복과 해진 운동화, 문 닫힌 공장과 늦은 밤 미싱 소리, 낮은 골목길의 담배연기, 긴 축대 끝의 달맞이꽃, 그의 눈빛만큼 고단했던 시절들이 먼지로 날아오를까 봐.

김태정 「낯선 동행」 부분

일이년 뒤면 짧기만 하고, 변치 않을 사랑이며 맹세며 또 신기루가 될 것들에도 종종 목숨을 거는 결사(決死)이게 마련이어서 삼년 정도는 지속을 장담할 수 있고, 강산도 변하는 십년 앞에서는 모든 게 무기력하지만, 오년, 오년은 모호하고 안개 같고 애매하고 오리무중 같은 시간이어서 절묘하고 아픈 말입니다.

노동자 편에 섰다가 수배까지 당한 형편에 여자에게 기울어가는 마음을 당당하게 고백하고 기약할 수도 없는 '오년'입니다. 세상에 흔한 애틋하고 안쓰럽고, 또 쉽게 자기를 걸고 목숨을 거는 사랑 고백보다 더 깊고 시린 '오년 뒤'입니다. 그를, 그의 절망을 비껴갔듯 "영판 떠돌이로 바람결 귀엣말 속에만 존재"하는 이들의 사랑과 인연 역시 비껴가서 애잔한 시입니다. 그러한데 시인은 그 애잔함에서 한 발짝 더 나아가는군요. 사랑은 잃고 어긋났지만 그 배면의 모든 존재들을, 그 사람과 나를 존재하게 한 공간과 시간, 비탈지고 때 묻고 해지고 또 낮고 고단한 기억들을 잊어버리고 잃어버릴까 봐 그게 시인은 가장 두렵다는군요. 치열한 자기반성입니다. 1980년대를 건너온 많은 민중시나 현장시 중에 김태정의 시처럼 투명하고 완결성 있는 서정시도 드뭅니다.

✕

해남으로 가는 길은 참 멀었습니다. 서울에서 목포역까진 기
차로, 목포에서 또 버스로 한 시간 정도를 더 가야 했지요. 강진,
해남, 장흥 등지를 여러 번 여행했던 기억으로는 이렇게까지 멀
게 느껴지진 않았는데 말이죠. 9월 초순 날씨치고는 제법 쌀쌀
하기까지 했고 이른 은행나무 단풍 빛은 모든 배경들을 찢을 것
처럼 선명하게 도드라져서 비현실적으로 느껴졌습니다.

해남에서 택시를 타고 장례식장에 들어설 무렵엔 저녁 안개
가 자욱했습니다. 미황사 금강스님과 신도들이 빈소를 지키며
장례를 주관하고 있었고, 문인은 고인과 가까운 시인들을 비롯
해 채 열 명이 되지 않았습니다. 장례식장에 들어선 순간 사람
들에게서 풍기는 기운이 바깥과는 비교도 할 수 없게 따뜻한 것
에 저는 깜짝 놀랐습니다. 온도가 아니라 사람들의 맑은 기운에
서 나오는 따스함이었습니다. 모두들 저마다의 방식으로 고인
을 추모하고 있었습니다. 신도 두 분은 가는 길이 흥거워야 한
다며 성악곡을 고래고래 부르고 있었고, 몇몇은 훌쩍거리다 잠
자다 마시다 했습니다.

여덟시 무렵엔 영정 앞에서 차례로 고인을 추억하는 말들을

돌아가며 했는데, 그때 저는 더 놀랐습니다. 그 절 아래 마을에 사는 모든 주민들이 고인을 가족처럼 사랑하고 있었습니다. 미황사 사무장을 맡았던 세 분의 공양주 보살들의 기억은 더 각별했습니다. 고인은 '명절이면 잠깐 내려왔다 상경하는 딸들보다 더 딸 같았고, 부부 싸움이나 집안에 어려운 일이 생길 때 위로해주는 언니였고, 모든 말을 경청하고 조언하고 같이 아파해주는 친구'였다는 것입니다. 말기 암의 고통 속에서도 온몸이 타들어가고 기력이 쇠할 때까지도 웃음을 잃지 않고 늘 따듯하게 주변 사람들을 대한 그였습니다. 미황사의, 그 절 아래 동네 사람 전체의 친구이자 가족이었습니다. 하나같이 그 없는 앞으로의 일상은 상상도 못해봐서 더 두렵다며 눈물을 글썽였습니다. 문득 저는 고통 속으로 하방한 유마거사가 떠올랐습니다. 고통 중에도 타인의 고통을 돌보는.

"가지가 물을 파르스름 물들이며 잔잔히/물이 가지를 파르스름 물올리며 찬찬히/가난한 연인들이/서로에게 밥을 덜어주듯 다정히/체하지 않게 등도 다독거려주면서" 이 구절에서 저는 시인의 마음 때문에 시 속에 들어가 가난한 연인이 되어 밥을 먹고 있는 듯한 착각에 빠지며 목이 메어옵니다. 사실 이 구절만 읽어도 왜 장례식장이 따듯하게 느껴지는지 바로 알 수 있지요. 시인은 물푸레나무를 본 적이 없다고 하네요. 그랬기에 더 좋은 시가 나왔을지 모릅니다. 미당(未堂)도 산단꽃을 영산홍으로 착각하고 「영산홍」을 썼다지요. 많은 시인들이 대상을 잘 모르거나 착각하고 시를 쓰는 경우가 있고 그중엔 간혹 좋은 시도 나오곤 합니다.

저 역시 물푸레나무를 처음 봤을 때 차라리 몰랐으면 하는 마음이 들 정도로 기대보다 평범한 나무였습니다. 근데 김태정 시인은 가까이 두고도 그 나무를 끝내 몰라봤다는 생각이 듭니다. 제가 다시 명명할 수 있다면 물푸레나무는 이 작품을 쓴 시인 자신입니다. 물푸레나무처럼 자신의 따스한 빛깔로 스스로 물들면서 주변을 온통 물들이는, 또 주변의 모든 빛깔을 껴안을 줄 아는, 묵언정진하듯 물빛으로 스며든 시인 김태정입니다.

마지막 모습까지도 그다웠습니다. 누구보다도 검소하게 산 시인은 장례 비용을 제하고는 적은 재산이나마 모두 정리하고 유고 하나도 남기지 않았습니다. 2004년 첫 시집이 나온 뒤 제가 만드는 계간지에 신작을 싣고 싶다고 전화를 했을 때는, 그때까지 들어왔던 것 중에 가장 겸손한 목소리로 "저는 정말 시를 못 쓰는 사람, 시집 하나도 간신히 낸 사람"이라며 청탁을 거절했습니다. 1963년 서울에서 태어났고 노동자 출신이고 『사상문예운동』(풀빛 1991)에 작품을 발표했고 한국작가회의의 전신인 '자유실천문인협의회' 간사를 지냈고, 등단 십삼년 만에 단한 권의 시집을 냈다는 짧은 이력만큼이나 간결하고 투명한 삶을 살다 간 시인입니다. 그해(2011년)엔 문단의 굵직굵직한 사건들과 화제들이 많았지만 저한테 가장 큰 사건은 김태정 시인의 죽음입니다.

그를 생각하면 시인이라는 존재는 무엇일까 새삼 되묻게 됩니다. 한편으론 시기와 질투가 무성한 시단에서 스스로를 유배시키고, 문단 행사나 시상식 따위엔 기웃거리지도 않고, 사실을 왜곡하고 헛소문을 퍼뜨리면서 자기존재를 확인하는 사람들과는 정반대의 삶을 산 진짜 시인이 그이였습니다. 제대로 된 시인으로 살기도 힘들지만 그보다 더 중요하고 어려운 '시인으로서 죽는다'는 엄혹한 화두를 그는 나지막한 자신의 삶으로 깨뜨리며 들려주었습니다.

세밑의 맑고 차가운 저녁 어스름이 물푸레나무 물빛으로 번질 때면 김태정 시인을 왠지 오래 기억할 것도 같습니다만, 섣불리 말할 것은 못됩니다. 다만 오년 뒤에도 이 시들을 다시 읽을 것만 같다는 예감은 확실히 듭니다. 우리도 뒤돌아보면 같은 장면들이 하나씩은 있지요. 다른 곳을 보며 떠나가는 뒷모습만 물끄러미 바라보았던 지나간 시간들, 안개 낀 이름들…… 속으

로 불러보며 물어봅니다. 그때로부터 오년 뒤에는 무얼 했느냐
고, 그리고 또 오년 뒤에는…… 그리고 앞으로 오년 뒤에는 어
디를 보고 있을 거냐고……

물푸레나무 · 김태정

물푸레나무는
물에 담근 가지가
그 물, 파르스름하게 물들인다고 해서
물푸레나무라지요
가지가 물을 파르스름 물들이는 건지
물이 가지를 파르스름 물올리는 건지
그건 잘 모르겠지만
물푸레나무를 생각하는 저녁 어스름
어쩌면 물푸레나무는 저 푸른 어스름을
닮았을지 몰라 나이 마흔이 다 되도록
부끄럽게도 아직 한 번도 본 적 없는
물푸레나무, 그 파르스름한 빛은 어디서 오는 건지
물 속에서 물이 오른 물푸레나무

그 파르스름한 빛깔이 보고 싶습니다

물푸레나무빛이 스며든 물

그 파르스름한 빛깔이 보고 싶습니다

그것은 어쩌면

이 세상에서 내가 가장 사랑하는 빛깔일 것만 같고

또 어쩌면

이 세상에서 내가 갖지 못할 빛깔일 것만 같아

어쩌면 나에겐

아주 슬픈 빛깔일지도 모르겠지만

가지가 물을 파르스름 물들이며 잔잔히

물이 가지를 파르스름 물올리며 찬찬히

가난한 연인들이

서로에게 밥을 덜어주듯 다정히

체하지 않게 등도 다독거려주면서

묵언정진하듯 물빛에 스며든 물푸레나무

그들의 사랑이 부럽습니다

시를 살아내고
앓아낸다는 것

　5월 중순, 그가 지방으로 이사
한 지 일년이나 지나 처음으로 그의 집을 찾아가는 길이었습니
다. 초행이었지만 내비게이션은 그의 집 앞마당까지 접수하고
있었지요. 이사하기 전에 살던 부평의 단칸방보다 오히려 찾기
가 쉬웠습니다. 마지막까지 안간힘으로 남아 있던 꽃잎들이 무
너져내리는 더 이상 화창할 수 없는 봄날이었습니다. 그런데 막
상 그의 집이 가까워질수록 자꾸 되돌아가고 싶었습니다. 이렇
게 봄빛 환한 날 그가 취해 있지 않으면 이상할 것도 같았고, 취
하지 않아서 내게 욕도 하지 않으면 오히려 허전할 것도 같았습
니다. 꺾어 들어갈 곳을 지나쳤는지 내비게이션은 자꾸 유턴하
라고 칭얼댔습니다. 그렇게 경로를 재탐색하고 유턴하기를 여

러 번, 결국엔 그 집에 이르렀습니다. 그는 없었습니다. 그의 집은 사방에서 새소리 물소리 날아오는, 문인단체 주소록에만 남은 인천의 '최병은 씨 댁 옆집'과는 비교할 수 없는 근사한 전원에 있었습니다. "집 한번 겁나게 좋소, 늦게 와서 미안해요" 하는데 갑자기 왈칵 눈물이 쏟아졌습니다. 그렇게 한참을 혼자서 "햇살에 취해 바람에 흔들"거리며 눈물 바람으로 서 있었습니다. 집들이 선물로 들고 간 유고시집 『별자리에 누워 흘러가다』를 문 앞에 두고 돌아오면서 보니 그의 집에서 한 십리나 떨어졌을까 걸어서도 갈 만한 거리에 기형도 시인의 집도 있더군요. 그의 집은 초동교회 공원묘지, 기형도 시인의 집은 안성 천주교 공원묘지, 내비게이션은 저승의 집까지도 선명하게 안내해주더군요.

저는 '노동자 시인' 또는 민중가요로 널리 알려진 「솔아 솔아 푸르른 솔아」 가사의 원작 시인이라는 말로 그를 설명하는 것은 미흡할 뿐 아니라 참 딱한 노릇이라고 생각합니다. 그에 대해서 어떻게 다 이야기할 수 있을까요. 그의 시처럼 그는 "아, 진달래, 환히, 취한, 얼굴"이었고 '소주병에 꽂힌 봄날'(「그 방(房)」) 같은 사람이었습니다. 취하지 않으면 시를 쓰고 취해서도 시만 이야기하는 사람이었습니다. 문학을, 시를, 쓰는 게 아니라, 공부하는 게 아니라, 온몸으로, 온 존재를 바쳐, '하는' 사람이었습니다. 무참하리만큼 철저하게 시를 살아내고 앓아낸 시인이었습니다. 그리고…… 그는 진정한 술꾼이었습니다.

마포구 용강동 50-1, 출판사에 근무하던 시절 사무실에 그가 맨정신으로 찾아오거나 전화를 걸어온 적은 단 한 번도 없었습니다. 주로 취한 목소리로 전화를 걸어오면 동료들도 으레 알아차리고 제 자리로 전화를 돌려줄 정도였으니까요. 그래서 하는 얘기요? 시 얘기입니다. 남이 발표한 시 이야기, 그가 발표한 시 이야기, 발표 직전의 시 낭송, 발표하기조차 아깝다는 시……
"어때? 좋지?" 한 뒤 제가 삼초 정도 침묵하며 반응하지 않으면 "아, 씨" 하고 토라지기도 하던 시 이야기였지요. 새벽 다섯시까지 같이 술 마시다 도망쳐서 쪽잠 자고 출근해보면 회사 문 앞에서 그가 기다리고 있던 날도 많았습니다. 그렇게 취해서 늦게까지 하는 얘기요? 역시 시 이야기지요. 하도 시시(詩詩)거려서 그가 중얼거리는 유쾌한 육두문자도 시발(詩發)로 들렸습니다. 술만 먹었다 하면 지겹지도 않은지 반복하는 레퍼토리, 형이라 안 부른다고 "내가 왜 니 선생이냐"고 소리 지르는 목소리가 아직도 선합니다. 처음에는 속으로 '뭐냐 이 늙탱이는…… 동갑에 한 바퀴 띠를 두르고도 남아도는데, 형은 무슨 얼어 죽을……' 하다가 나중에는 그의 야단이 듣기 싫지만은 않아서 끝까지 형이라 부르지 않았습니다. 지금도 줄근길 마포 골목 어디쯤에서 불콰해진 얼굴로 "아, 詩發!" 하고 그가 튀어나올 것만 같습니다. 그 목소리를 한 번이라도 더 들을 수만 있다면…… 그가 떠난 직후, 살아오면서 누군가 내게 육두문자를 퍼부어주기를 그토록 간절하게 바란 적이 없었습니다.

음악을 듣다 보면 사이사이 음(音)의 호흡을 조절하기 위해 깊게 들이마시고 내뱉는 숨소리가 들릴 때가 있지요. 이미 세상을 떠난 연주자의 숨소리가 생전의 녹음으로 남아 울리는 일은 참 쓸쓸한 일입니다. 그의 유고시집을 만들 때는 그 행간들에서 들리는 숨소리 때문에 견딜 수 없게 쓸쓸했지요. 그래서 『별자리에 누워 흘러가다』 언저리에서 많이 앓았습니다. 그 책을 만들면서 가장 힘들었던 것은 교정을 보거나 시집 제목을 정할 때도 저자가 부재해서 혼자 다 감당해야 한다는 것이었습니다. 제게 그해 봄은 그렇게 오래 기억됩니다. 제목을 뽑아 확정한 날 꿈속에 나와 말없이 물끄러미 저를 바라보기도 했던 그가 그 후로는 아예 나타나지도 않네요. 잘 지내시는지요, "그 숱한 비유들이 그치고/흰 빛, 흰 빛만 남을 때까지"(「흰 빛」) 아직도 시를 하고 있는지요.

그가 혼수상태일 때 병실에서 마지막으로 그의 얼굴을 보고 속으로 고함을 질렀습니다. 촌스럽게 영양실조가 뭐고, 결핵균이 다 뭐냐고…… 딱 그 같은 짓만 한다고 원망도 했지만 그의 죽음이 실감 나지는 않았습니다. 새벽 영안실에서 소주병을 깨고 주먹질을 하는 술꾼들을 보면서도 삶에 대한 예의를, 밥에 대한 예의를, 술에 대한 존경을 한 번 더 생각했더랬지, 그의 죽음을 체감하지는 않았습니다.

그는 여전히 "생(生)이 잡문이 될 때까지 (…) 걷고 또 걸"어가고 있을 것만 같았습니다. 그가 말이 아니라 몸으로 가르쳐준 것 중에 가장 뜨겁게 남은 것은 진정한 시인이, 진정한 술꾼이 되는 것은 정말 어렵다는 것이지요. 또 삼류 시인, 삼류 술꾼이 되어버리는 것은 한순간이거나 아주 쉽다는 것이지요. 그가 지상에서 사라졌음을 비로소 실감한 것은 일주기에 맞춰 유고시집을 만들고 그의 묘지에 가서였습니다. 그의 주기가 돌아오는 봄날이면 문득 술 취한 목소리가 울리지 않는 전화기를 물끄러미 바라보게 됩니다. 잘 지내시는지요, 당신이 애타게 말한 그 '자리'는 찾으셨는지요. "아픈 몸이여, 흘러라//나 있던 본디 자리로"(「물의 자리」)

형, 우리 「이사」에 대해선 얘기하지 맙시다. 마치 죽음을 예견한 듯 써놓은 시 같고, 읽으면 서늘하고 아픈 당신의 생활이 다 보이는데 굳이 떠들어 무엇 합니까. 또 죽어라 시 얘기만 했는데 저승에서도 시 얘기 하게 만드는 건 좀 그렇지요. 돌이켜보면 당신의 생활이, 당신의 모든 순간이, 우리가 함께한 시간조차 오롯이 시였으니, 이제는 말 한마디 안해도 다 알 수 있습니다. 다만 궁금한 게 있어요, 이사 간 곳은 살 만해요? 김사인 선생 수상식장에 나타나 행패 부렸듯 거기서도 "꺼멓게 술에 탄 얼굴"을 하고 다니시는 건 아닌지요. 누가 형님을 말리겠습니까만, 다시 만날 따끈할 때도 있을 테니 그때까지만이라도 알코올에만 의지하지는 마시고, 더는 그토록 아프지 않게 엔간히, 엔간히 하시지요.

어이, 이거 풀빵이여 풀빵 따끈할 때 먹어야 되는디, 시인 박아무개(47세)가 화통 삶는 소리를 지르며 점잖은 식장 복판까지 처들어와 비닐봉다리를 쥐여주고는 우리 뽀뽀나 하자고, 뽀뽀를 한번 하자고 꺼멓게 술에 탄 얼굴을 들이대는 봄밤이다.

김사인 「봄밤」 부분

이사 · 박영근

1

내가 떠난 뒤에도 그 집엔 저녁이면 형광등 불빛이 켜지고
사내는 묵은 시집을 읽거나 저녁거리를 치운 책상에서
더듬더듬 원고를 쓸 것이다 몇잔의 커피와,
담배와, 새벽녘의 그 몹쓸 파지들 위로 떨어지는 마른 기침소리
누가 왔다갔는지 때로 한 편의 시를 쓸 때마다
그 환한 자리에 더운 숨결이 일고,
계절이 골목집 건너 백목련의 꽃망울과 은행나무 가지 위에서
바뀔 무렵이면
그 집엔 밀린 빨래들이 그 작은 마당과
녹슨 창틀과 흐린 처마와 담벽에서 부끄러움도 모르고
햇살에 취해 바람에 흔들거릴 것이다
눈을 들면 사내의 가난한 이마에 하늘의 푸른빛들이 뚝 뚝 떨
어지고
아무도 모르지, 그런 날 저녁에 부엌에서 들려오는
정갈한 도마질 소리와 고등어 굽는 냄새
바람이 먼 데서 불러온 아잇적 서툰 노래
내가 떠난 뒤에도 그 낡은 집엔 마당귀를 돌아가며

어린 고추가 자라고 방울토마토가 열리고

원추리는 그 주홍빛 꽃을 터트릴 것이다

그리고 낮도 밤도 없이 빗줄기에 하늘이 온통 잠기는 장마가

또 오고, 사내는 그때에도

혼자 방문턱에 앉아 술잔을 뒤집으며

빗물에 떠내려가는 원추리꽃들을 바라보고 있을까 부러저니간

고춧대와 허리가 꺾어버린 토마토 줄기들과 전기가 끊긴

한밤중의 빗소리…… 그렇게

가을이 수척해진 얼굴로 대문간을 기웃거릴 때

별일도 다 있지, 그는 마당에 신문지를 깔고 앉아

누군가 부쳐온 시집을 읽고 있을 것이다

얼마나 많은 물결을 끌어당기고 내밀면서

내뱉고 부르면서

강물은 숨쉬는가

2

그 낡은 집을 나와 나는 밤거리를 걷는다

저기 봐라, 흘러넘치는 광고 불빛과

여자들과

경쾌한 노래

막 옷을 갈아입은 성장(盛裝)한 마네킹들

이 도시는 시간도 기억도 없다

생(生)이 잡문이 될 때까지 나는 걷고 또 걸을 것이다

때로 그 길을 걸어 그가 올지도 모른다 밤새 얼어붙은 수도꼭

지를

팔팔 끓는 물로 녹이고 혼자서 웃음을 터트리는,

그런 모습으로 찾아와 짠지에 라면을 끓이고

소주잔을 흔들면서 몇편의 시를 읽을지도 모른다

도시의 가난한 겨울밤은 눈벌판도 없는데

그 사내는 홀로 눈을 맞으며

천천히 벌판을 질러갈 것이다

웃음 뒤에
숨은 눈물에서
흘러나오는

이 별의 재구성 혹은 이별의 재구성 · 안현미

나하고 나 사이에 늙고 엉뚱한 종족들이 있지 내 별로 놀러 오
는 나들 나들 때문에 그 종족들은 불편하다고 불평하며 불안했어
불만이 가득한 얼굴이었지만 사랑했지 난 정드는 게 특기니까 하
루가 영원 같고 영원이 하루 같은 무협 판타지 같은 날들이었어
난 그날들을 CD로 구웠지 구워진 CD 속에서 난 무릎이 아팠어
너무 많은 감정을 과소비하고 게다가 너무 많은 눈물을 삭제했으
니까 수만년 전부터 이 별은 아팠어 늙고 엉뚱한 종족들은 이 별
의 종말을 전지구적으로 살포하면서 우리 종족의 언어를 모두 쓰
레기통에 넣고 서둘러 이별하고 싶은 눈치였지만 우리 종족의 위

대함은 휴지통이라는 아이콘에 있지 '복원'이란 단추를 내장하고 있는 그러니까 이별을 이 별로 굽거나 이 별을 이별로 굽는 따위의 일은 우리 종족에겐 식은 죽 먹기보다 쉬운 일이란 거지 고통을 선택할 수는 없다, 그러나 고통을 받는 방법은 선택할 수 있다, 빅토르 프랑클, 멋지지? 이게 이 별의 재구성 혹은 이별의 재구성이란 엉터리 판타지 같은 이 시에 대한 키워드야, 친절하지?

　　　　　　　　　　말장난과 뛰어난 시적 언어유희는 깻잎 한 장 차이입니다. 그 차이는 더 얇을지도 모릅니다. 이 0.1밀리미터 정도의 오차로 좋은 시와 식상한 시의 구분이 이뤄진다는 게 놀랍습니다. 그래서 시 쓰는 행위는 아주 정밀한 첨단공학에 비견할 만합니다. 그런데 이 오차를 제대로 구분해내는 것은 시 쓰는 당사자도 평론가도 아닙니다. 때로 시인들은 자신의 언어공학이 대단한 미적 성취를 이뤄낸 언어유희라고 스스로 우쭐해하지만 하룻밤 꼬박 새운 실패한 실험에 머무르는 경우도 많습니다. 아침이면 남사스러워 찢어버리는 연애편지 같은 것이 되기도 합니다. 평론가들 역시 자신의 논리에 끼워 맞추기 위해 작품 속 말장난을——어찌 말장난뿐이겠습니까, 간혹 한 텍스트를 전부 다——수단으로 이용하는 경우도 종종 있습니다. 그만큼 이 유희는 시인과 평론가 모두가 쉽게 빠져들 수 있는 함정이므로 늘 조심해야 하는 오류의 영역이기도 합니다.

이 오차의 구분과 빌건은 시 읽는 행위가 이뤄지는, 수많은 개별성을 지닌 어떤 시간과 독립적인 공간에서 읽는 이의 감정과 텍스트의 감정이 일치하는 순간 이뤄집니다. 이런 일치의 순간들이 많아지고, 많아지는 만큼 독자의 상상력을 넓혀준다면 비로소 그 작품은 보편성과 개성을 동시에 지닌 시가 될 것입니다. 상상력을 자극하느냐 그렇지 않느냐는 분명 좋은 시와 평범한 시와 나쁜 시를 구분하는 강력한 기준의 하나입니다.

"이별의 재구성"을 볼까요, 아니면 "이 별의 재구성"을 볼까요. 이 시는 정말 재기발랄한 언어유희를 선보입니다. 그것은 단적으로 '불평, 불안, 불만'이라는 단어 배치나 '나들 나들'이라는 반복적 운율 운용만 봐도 드러납니다. 그러나 무엇보다 이 시의 키워드는 '이별'과 '이 별'의 띄어쓰기 한 칸에 있는데 그 소소한 틈에서 저는 단순한 언어유희가 아니라 시공간의 확장을 읽었습니다. 이별이라는 사적인 영역을 행성으로 확대시키는 것이지요. '내 몸이 곧 지구이고 우주의 중심이다'라는 식상한 설법을 이 시는 띄어쓰기 한 칸으로 당돌하게 실천하고 마는군요. 시적 자아의 '이별'은 사랑의 실패와 무너짐이라는 지극히 개인적 체험에 불과하나 하나의 행성이기도 한 자아이기에

'이별'이 '이 별'을 재구성하는 키워드가 됩니다.

사실 이 시는 고통에 대한 시입니다. '많은 감정을 과소비하게 하고 많은 눈물을 삭제'하게끔 하는 이별의 통증, 아주 깊은 사랑의 종말에 대한 시이지요. 그런데 시인은 그 모든 통증을 휴지통에 버리거나 심심하면 '복원'하거나 (지금은 유물처럼 되어버린) CD에 굽듯 경쾌하게 만들어버리지요. 시의 전반적인 비유와 어법이 그러한 밝은 톤에 일조하기도 합니다. 그러나 한 번 더 곰곰 들여다보면 그 어법과 비유만으로 고통은 치유되는 것이 아니라 오히려 반복될 수밖에 없음을 암시하고 강조하고 있습니다. 고통받는 방법은 선택할 수 있으나 고통을 선택할 수는 없다고 쓰고 있지요. 이렇게 읽게 만드는 가장 중요한 키워드 문장은 바로 "난 정드는 게 특기니까"입니다. 이 말에서 저는 서늘하게 칼날이 지나가는 것을 느꼈습니다. 그 어떤 불평, 불안, 불만에 가득 찬 종족(타아)이나 나(자아)일지라도, "영원이 하루 같은 무협 판타지" 같은 세월을 살지라도 시인은 정드는 게 특기라고 하는군요. 이 말 뒤에 생략된 것은 무엇일까요. '난 고통받는 게 습관이야' '나는 자주 버림받는 게, 그래서 우는 일이 많은 게 일상이야' '그게 내 특기야' 바로 이런 말이 생략되어 있습니다. 발랄한 어법에 가려진 참으로 아픈 '고통에 대한 고백'이자 '고통의 방법'이 아닐 수 없습니다.

×

시집『이별의 재구성』에는 경쾌한 어법이 지배적이지만「와유(臥遊)」처럼 끈끈한 정서를 지닌 시들도 있습니다. 요즘에 시인 황진이가 환생해 안현미식 어법으로 시를 쓴다면 '동짓달 기나긴 밤 한 허리를 베어내어 구름(Cloud) 속에 넣어두었다가 그대 오는 날, 영원 같은 하루로 복원하리'라고 쓸지도 모르겠군요. 황진이의 발상을 빌려온 이 시를 읽는 이유는 고통을 재구성해서 굽고 있는 이 시인이 다른 어법으로 써낸 전통 서정시 역시 만만치 않기 때문입니다. 와유는 장자의「소요유(逍遙遊)」에 나오는 대붕(大鵬)의 영역이기도 합니다. 방 안에 누워서도 마음의 눈은 붕새처럼 시공을 초월하는 것. 이 초월 때문인가요. 곳곳에 옛사람의 어법이 느껴지면서도 새롭게 읽히는군요. 먹먹하게 먹을 갈아 쓴 시인의 연서를 통해 '지난해 다녀간 가을비'와 지나간 사랑과 고통을 다 이해할 수 있을 것도 같군요. 훗날 정말 '홀로' 술에 취할 수 있겠군요.

「와유」를 읽은 이유는 또 있습니다. 우리가 술자리에서 범상하게 듣는 말소리와 웃음과 울음들이 있지요. 그런 자리에서 유독 "정갈히 받아두었다가" 우울한 날이거나 비 오는 날 물방울 소리 사이에 끼워두고 싶은 웃음소리가 두 가지 있습니다. 실제 소리와 동작을 전 세계 어느 언어보다도 적확하고 뛰어나게 구현하는 언어가 한국어라고 하지요. 정말 우리말의 의성어와 의태어는 대단한 것 같습니다. 그런데 이 두 가지 웃음소리는 우리말로도 표현하기가 쉽지 않습니다. 의성어로는 안되니 역시 비유를 동원할밖에요.

첫 번째 웃음은 까르르르륵,과는 거리가 아주 먼, 아직 충분히 다 붉어지지 않은 앵두나 석류를 씹다가 신맛에 놀라 꿀꺽 삼켜버린 아이의 표정 같은 웃음소리입니다. 아니면 깊은 세월을 간직한 구례 운조루의 누마루 바닥에 반짝이는 햇살 같은 소리입니다.

두 번째 웃음은 으흐흐흑흑,과는 거리가 한참 더 먼, 한 두서넛 생의 윤회를 거쳐 온, "삶과 죽음의 공양주 보살"('시인의 말')이 어설픈 선사의 설법을 비웃다가 묵직한 죽비로 다독이는 듯한 웃음소리입니다.

여하튼 앞의 웃음이 구슬 같다면 뒤의 웃음은 투포환 같습니다. 살구알 쏟아져내리는 소리와 더 이상 무르익을 수 없게 무화과가 익어가는 소리와 같습니다. 정드는 게 특기인 안현미 시인의 실제 웃음소리입니다.

웃음소리를 닮은 그의 시 역시 고통을 웃음으로 버무려서 달고 시고 뭉클하지만, "나는 겨우, 쓸 뿐이다. 매일매일 출근하고 퇴근하면서"(웹진『나비』)라는 시인의 고백처럼 하루를 살아내는 치열함에서 나오는 것입니다. 그의 시의 힘은 웃음과 그 웃음 뒤에 숨은 침묵과 눈물에서 흘러나오기도 합니다. 그렇지요, 시와 술은 정드는 게 특기인 사람들과 함께해야 제맛이지요. 술 맛은 때로 '침묵에 대해 묻는 이에게 가장 아름다운 침묵'(『시간들』)으로 답하는 사람들이 있어야 깊어지지요. '하루종일 내리는 여자비'(『여자비』)로 우는 자의 눈물이 때로는 그 어떤 말보다도 위로가 되는 순간이 있지요.

와유(臥遊) · 안현미

　내가 만약 옛사람 되어 한지에 시를 적는다면 오늘밤 내리는 가을비를 정갈히 받아두었다가 이듬해 황홀하게 국화가 피어나는 밤 해를 묵힌 가을비로 오래오래 먹먹토록 먹을 갈아 훗날의 그대에게 연서를 쓰리

　'국화는 가을비를 이해하고 가을비는 지난해 다녀갔다'

　허면, 훗날의 그대는 가을비 내리는 밤 국화 옆에서 옛날을 들여다보며 홀로 국화술에 취하리

당신은
무엇을 볼 수 있는
나이인가

거미 · 이면우

오솔길 가운데 낯선 거미줄

아침이슬 반짝하니 거기 있음을 알겠다

허리 굽혀 갔다, 되짚어오다 고추잠자리

망에 걸려 파닥이는 걸 보았다

작은 삶 하나, 거미줄로 숲 전체를 흔들고 있다

함께 흔들리며 거미는 자신의 때를 엿보고 있다

순간 땀 식은 등 아프도록 시리다.

그래, 내가 열아홉이라면 저 투명한 날개를

망에서 떼어내 바람 속으로 되돌릴 수 있겠지

적어도 스물아홉, 서른아홉이라면 짐짓

몸 전체로 망을 밀고 가도 좋을 게다

그러나 나는 지금 마흔아홉

홀로 망을 짜던 거미의 마음을 엿볼 나이

지금 흔들리는 건 가을 거미의 외로움임을 안다

캄캄한 뱃속, 들끓는 열망을 바로 지금, 부신 햇살 속에

저토록 살아 꿈틀대는 걸로 바꿔놓고자

밤을 지새운 거미, 필사의 그물짜기를 나는 안다

이제 곧 겨울이 잇대 올 것이다.

이윽고 파닥거림 뜸해지고

그쯤에서 거미는 궁리를 마쳤던가

슬슬 잠자리 가까이 다가가기 시작했다

나는 허리 굽혀, 거미줄 아래 오솔길 따라

채 해결 안된 사람의 일 속으로 걸어 들어갔다.

익숙한 풍경이고 누구나 자주
관찰한 적이 있어 무심하게 느낄 만한 사건입니다. 숲속이 아니
라 홍대 앞 같은 도심을 걷다가도 거미줄을 만나는 것은, 거미

와 그의 투망질에 포획된 먹이감을 발견하는 것은 종종 있는 일입니다. 그러한 사건을 나뒀으니 읽기에도 어렵지 않은 시입니다. 읽는 이가 소화하지 못할 대목이나 어려운 비유와 시어도 없습니다. 그러한 언어로 벽돌을 쌓고 집을 완성한 쉬운 시, 바로 이런 시가 쓰기 어려운 시입니다. 그렇습니다. 따분하고 평범한 사건에서 시를 긷는 자, 식상한 일상에서 서늘한 삶의 이면을, 아픈 존재의 의미를 길어올리는 자가 시인입니다.

범상한 소재와 언어로만 시를 완성했다면 아이러니하게도 그것은 범상치 않은 작품이라는 방증이기도 합니다. 곧 소화되어 사라질 '작은 삶'이 거미줄로 숲 전체를 흔들고 있군요. 함께 흔들리는 거미, 자신의 때를 엿보는 거미가 있군요. 범상하나 범상치 않게 '아프도록 시린' 표현이고 풍경입니다.

2연은 과거의 나이를 끌어와 시작하는군요. 좀 더 젊은 나이라면, 예전 나이로 돌아간다면,이라는 전제 뒤에 흔히 붙는 것은 '~할걸' '절대 ~는 안한다'라는 후회지요. 그런데 시인은 '~해도 좋을 게다'라고 표현하는군요. 과거를 후회하는 게 아니라 나이 든 현재와 다르게 행동하는 것을 마치 순리인 양 말하는군요. 이 두 가지 진술 사이에 무슨 대단한 다른 뜻이 있느냐고 반문할지 모르지만, 그 의미 차이는 오묘합니다. 과거를 긍정하는 동시에 현재를 성찰하는 깨달음은 결코 쉽게 얻어지지 않기 때문입니다. 그 성찰의 중심에는 이 시의 핵심이 되는 단어, '마흔아홉'이 있습니다. 사실 2연에서 십대와 이십대, 육십대의 눈으로 거미와 거미줄을 바라봐도 좋을 것입니다. 하지만 이 작품의 '시적 현상과 깨달음'은 화자의 마흔아홉에 일어납니다. 지금은 이미 마흔아홉을 지나가버린 이 시를 쓴 당사자(시인)조차 다시는 이러한 깨달음을 얻지 못할 수도 있습니다.

몸으로 이해하고 절절하게 체감하는 것은 시 안에서 현재를 살고 있는 '나'의 나이 '마흔아홉'뿐입니다. 지천명(知天命)을 코앞에 둔 '마흔아홉'에 이르러서야 비로소 삶의 의미와 숨겨진 비밀을 알게 되는 걸까요? 화자는 '망을 짜는 거미의 마음'을 엿보고, 세계(거미줄)를 뒤흔드는 그 흔들림의 배면에는 생존을 위해 사투를 벌이는 먹이감(잠자리)의 움직임뿐만이 아니라 '잇대 올 겨울'을 앞둔 "가을 거미의 외로움"도 존재한다는 것을 깨닫는군요. 마흔아홉이 되어서야, 밤을 지새운 거미의 필사의 그물짜기를, 겨우, 간신히, "나는 안다"라고 하는군요. 이것은 먹고살기 위해 치열하게 살아내지 않는 자는 발언조차 할 수 없는, 또 발언해서는 안될 '나는 안다'입니다.

이윽고 먹이감의 숨이 잦아들고 죽어가는 동시에 슬슬 먹고 살기 위한 의식을 치르면서 일상은 이어집니다. 마흔아홉의 사내는 무심한 듯 치열한 서미의 사냥과 노동을 향해 절이라도 올리는 것처럼 겸손하게 '허리를 굽혀' 피해서 가는군요. 그리고 사람의 마을로 이어지는 오솔길을 따라 걷습니다. 두 번째 핵심이 여기에 있습니다. 바로 거미의 일상에서 사람의 일상으로 전환되는 마지막 행이지요. "채" "해결 안된" "사람의 일" "속으로" "걸어 들어갔다" 이렇게 끊어서 속으로 음미하며 읽어보세요. 또 달라지는 감동이 있습니다.

╳

　염전이 있던 곳도, 소금창고가 있던 곳도 아니었습니다. 서해가 아님은 물론 바다로 이어지는 길도 아니었습니다. 강원도 깊은 산간 마을을 여행하다 정자나무 아래에서 쉬면서 이문재의 「소금창고」를 읽으며 저도 모르게 눈에서 눈물이 떨어졌습니다. 이면우의 「거미」와 더불어 나이를 노래하는 절창입니다. 「거미」가 외면의 생활에서 꿈틀대는 작품이라면 「소금창고」는 고요한 내면을 적시는 풍경입니다. 깊고 또 깊다고밖에 할 수 없는 그 풍경 묘사와, 리듬과, 내면의 언어를 다루는 솜씨가 한 경지에 올라 어느 장면, 단어 하나도 버릴 수 없는 시입니다. 이 시를 해석하는 건 무의미할지 모릅니다. 제가 이 시에 묘사된 풍경과는 전혀 다른 곳에서 읽고 감동했듯이 또 다른 풍경에 있는 당신도 이 시를 반복해 읽다 보면 눈시울이 붉어져올 것입니다. 마흔 즈음에 있는 당신이라면 더더욱 그럴 것입니다.

바다로 가는 길이 아니더라도 지금 어딘가에 가만히 앉아 있는 당신이 바라보는 풍경에, 머무는 시선에 "지그시 힘을 준다"면, 바람은 내면의 악보를 넘길 것입니다. 당신 내면의 귀 또한 넓어지고 예민해져, 그동안 들리지 않았던 음악이 아주 고요하게 들려올 것입니다. 그것은 마흔의 풍경입니다. 바다로 가는 갈대꽃은 역광을 받아 "한 번 더 피어 있"습니다. 갯벌 위에서 오후 세시의 햇빛은 "수은처럼 굴르다"닙니다. 기러기떼는 "북북서진하"고 있습니다. 여기에 이르면 누구나 "눈부시다"라고 직설할 수밖에 없습니다. 다른 어떤 비유도 필요 없이 '눈부십니다', 눈부신 시입니다. 여기서 눈부심은 단순히 빛나는 것이 아니지요. 가장 쓸쓸하고 적막한, 절대적인 침묵을 닮은 '눈부시다'입니다. "이제 말의 몸을 넘어, 말의 혼 같은 것을 보고 만지고 또 기다릴 수 있게까지 된"(김사인 추천사) 시인은 이렇게 속삭입니다. 마흔살, 지난 것은 지나간 것이 아니라 '이렇게' '자꾸' 오고 있다고.

여담입니다만, 나이에 관해 얘기하다 보니 문득 어느 작가 선생님의 말씀이 떠오릅니다. 나이대마다 공자가 정의한 단어들이 있지요. 가령 마흔살은 불혹(不惑), 쉰살은 지천명(知天命), 예순살은 이순(耳順) 등이 그것이지요. 그런데 그분의 말씀은 아주 재미있고 의미심장합니다. 불혹은 '유혹이 많아지는 때이니 유혹을 조심하라', 지천명은 '이제 겨우 하늘의 뜻을 아주 조금이나마 알까 말까 한 때이다', 이순은 '귀가 순해지는 게 아니라 감각이 둔해져 외곬으로 변하기 쉬운 나이니 스스로 성찰하며 남의 말을 더 경청하라'라는 뜻이랍니다. 절묘한 재해석입니다.

현대 의학의 발달로 갈수록 평균수명이 늘어난다지요. 이 추세대로라면 마흔살은 인생의 절반에도 미치지 못한 때이고 '쉰살 청년'이라는 말조차 틀리지 않게 된다고 합니다. 그러나 솔직히 그게 좋은 것인지 모르겠습니다. 그 말은 나이가 들어도 철은 들기 어렵다는 것과 다르지 않습니다. 어느 나이대든 그때에만 볼 수 있는 것을 놓치지 않고 보아내기가 점점 더 어려워지는 시대는 아닌지 쓸쓸해지기도 합니다.

헛말은 절대 한 적이 없고 자신을 내세우기 전에 남의 말 먼저 정성을 다해 귀담아들으시는 은사님이 있는데요. 언젠가 그분 사모님의 당부를 듣고 웃은 적이 있습니다.

"딱 하나만 부탁합시다. 만에 하나라도 이 사람이 더 나이 들어서 헛소리를 한다면 더는 떠들지 못하게, 인사동 어디 술집 골방 같은 데 가둬놓고 오세요. 그래도 살짝 아쉬우면 술값이나 좀 쥐여주고 뒤돌아보지 말고 도망가시라."

소금창고 · 이문재

염전이 있던 곳

나는 마흔살

늦가을 평상에 앉아

바다로 가는 길의 끝에다

지그시 힘을 준다 시린 바람이

옛날 노래가 적힌 악보를 넘기고 있다

바다로 가는 길 따라가던 갈대 마른 꽃들

역광을 받아 한 번 더 피어 있다

눈부시다

소금창고가 있던 곳

오후 세시의 햇빛이 갯벌 위에

수은처럼 굴러다닌다

북북서진하는 기러기떼를 세어보는데

젖은 눈에서 눈물 떨어진다

염전이 있던 곳

나는 마흔살

옛날은 가는 게 아니고

이렇게 자꾸 오는 것이었다

그가 지나가는 자리마다
건반 현이 울렸습니다

막 사회에 첫발을 내디딜 무렵,
버스를 타고 전철도 한 번 갈아타고서야 회사에 도착할 수 있는
출근길이었습니다. 신입이라 긴장한 탓에 좀 일찍 출근하곤 했
는데 집에서 버스 정류장까진 300미터 정도 떨어져 있었습니
다. 정류장에 가까워지는 마지막 100미터 구간에선 어김없이
모자(母子) 일행을 마주치곤 했습니다. 둘은 늘 일정한 간격으
로 5미터 정도 떨어져 걸었기 때문에 그들이 모자 사이라는 것
도 나중에야 알게 되었죠. 버스 정류장 부근에서 아들이 '은혜
학교' 스쿨버스에 오를 때까지 어머니는 좀 더 멀찍이 떨어져서
지켜보다가 돌아가곤 했습니다. 아들은 뇌성마비 장애인이었
습니다. 처음엔 그들이 서로를 부끄러워하여 떨어져 걷는 줄 알

았습니다만, 오래지 않아 그게 아들의 자존과 자립을 지키는 행위라는 것을 깨달았습니다.

눈길을 잡은 건 그의 걸음걸이였습니다. 보통 사람이 한 박자로 걷는다면 그는 네 박자로 느리게 걸었습니다. 네 박자 중에 세 박자는 왼쪽 다리를 굽혔다가 온몸을 모셔올리듯 천천히 폈고 나머지 한 박자는 순식간에 오른쪽 다리에 갔다가 다시 왼쪽 다리로 옮겨갔습니다. 보통 사람보다 서너 배 가까이 느린 걸음이고 바쁜 출근길이니 저는 무심코 그들을 추월해 갈 수밖에 없었지요. 하지만 점점 그럴 수가 없게 된 것은 그 신중한 듯 천천히 밀어올리는 세 박자를 그냥 지나칠 수가 없었기 때문이었습니다. 100미터를 그의 속도에 맞춰 걷는다고 지각을 하는 건 아니었거든요. 그의 걸음걸이를 관찰하기 위해서라기보다는 무심한 듯 저도 그 속도에 맞춰 천천히 걷게 되니 이것저것 많은 걸 상상할 수 있었습니다. 서울에서는 사람들이 왜 저렇게 바쁘게 걸어다니는지(차라리 뛰고 말지), 덩달아 나도 그 속도에 맞춰 걸어야 하는지 전혀 모르겠는 시절이었습니다.

"꼿꼿하게 걷는 수많은 사람들 사이에서/그는 춤추는 사람처럼 보였"(김기택「다리 저는 사람」)습니다. 그는 소리 죽여 힘차게 걸었습니다. 아름다운 전통 춤사위로 걸었습니다. 그러나 춤만 추는 것이 아니었습니다.

단단한 껍질 속에서, 무거운 땅속에서 3월의 새싹들이 어렵게 올라오다가 숨이 차서 멈추다가도 그가 세 박자로 온 존재를 밀어올리는 그 걸음걸이에 응원을 받고 다시 힘을 내 올라오기도 했습니다. 6월의 잎사귀들은 그의 세 박자 속도에 맞춰 연두에서 초록으로, 초록에서 진초록으로 계절을 건너가고 있었습니다. 마이클 잭슨의 '문워크'는 저 세 박자를 모방한 것이었습니다. 그의 걸음걸이는 종종 서울 거리 어디에서나 볼 수 있었습니다. 광화문 네거리 횡단보도를 건널 때는 다른 사람에게 피해를 주지 않기 위해 정말 온 힘을 다해 0.5박자로, 더 빠르게 통통통 건너가는 걸음도 만났습니다. 그가 통통통통 지나가는 자리마다 횡단보도 건반이 현을 울려 광화문 일대는 일순간 아름다운 파르티타가 울려 퍼졌습니다. 약속시간도 까먹은 채 저는 한없이 투명한 5월의 햇살 속에서 눈을 감고 그 음악을 들으며 한참을 서 있었습니다.

✕

시인은 때로 적나라하면서도 솔직한 삶의 쓰린 단면과 그 속살을 파헤치기도 합니다. 뇌성마비 중증장애인 '라정식 씨'의 장례식장에 모인 장애인들의 점심식사에 대한 묘사를 지나 "한 껏 반기며" "저 죽을 때도 와주실 거죠?" "정식이 오빠 좋겠다, 죽어서……"에 이르면 읽는 사람의 가슴도 무너집니다. 그러나 여기에 그쳤다면 이 시는 정말 섣부른 게 되었을 겁니다. 문인 수 시인의 관찰과 사고는 더 나아갑니다. 입관된 정식 씨의 얼굴에서 본 것이지요. "오랜 세월 그리 심하게 몸을 비틀고 구기 고 흔들어 이제 비로소 빠져나왔다, 다 왔다, 싶은" 얼굴, 그 속에서 "일그러뜨리며 발버둥 치며 가까스로 지금 막 펼친" 날개를, 막 이륙한 창공을 읽어낸 것이지요. 이 날개와 창공은 '라정식'이라는 한 인간 존재에게서 발견한 진경(眞境)이자 절경(絶景)입니다.

그래요, 이 장애인들의 평균수명은 "그 무슨 배려라도 해주는 것인 양 턱없이" 짧지요. 비과학적이고 무슨 말도 안되는 소리라 나무랄지 모르지만 저는 간혹 새싹을 밀어내느라, 계절을 더 깊어지게 하느라, 세상의 이면에서 음악을 연주하느라 에너지를 더 썼기 때문에 저들의 평균수명이 짧은 건지도 모른다고 생각합니다. 또 그들이 서너 배 느린 걸음으로 길고 깊게 걸었기 때문에 비장애인들보다 더 긴 시간과 공간을 명상하며 살아낸 것이라고도 믿습니다. 장애인들의 장례식장에선 종종 비장애인들은 절대로 이해할 수 없는, 애통해하는 망인의 부모들에게서 이런 통곡을 듣게 되지요. "너는 내 인생 최대의 기쁨이었다, 이만큼이나 살아주어서 고맙다, 나보다 먼저 죽어줘서 정말 정말 고맙다……"

　이 시를 읽으니 우연치 않은 일로 고등학교 동창 몇몇을 거의 이십년 만에 만난 날도 떠올랐습니다. 그중 한 친구의 손에 유독 눈이 갔습니다. 가늘고 긴 그 손 때문에 반했던 기억이 문득 떠올랐는데, 그 아이의 손은 짤막해 보일 정도로 뭉뚝하게 변해 있었습니다. 저는 기억이 잘못되었거나 내 편한 대로 조작했다고 생각했습니다. 하지만 명함을 받고서 그 기억이 잘못되지 않았음을 알았습니다. 그 친구는 청각장애인학교 교사였습니다. 수화를 하느라 쉴 새 없이 움직일 수밖에 없으니 늘 부어 있는 손가락이 가늘어질 틈이 없었던 거지요. 친구의 이력과 생활이 고스란히 담긴 손가락이야말로 존재의 진면목이었습니다. 점자로 새겨진 명함에 손가락을 올려놓고 별자리 짚어가듯 아주 천천히 이름을 어루만지는데 명함 하단에 조그마한 글자로 새겨진 글귀가 눈에 띄더군요. "지금이 가장 아름다운 순간입니다." 지금의 네 손은 내가 살아오면서 본 가장 아름다운 손이다, 라고는 끝내 말하지 못하고 헤어졌습니다.

✕

　시인들은 장애(인)에 대한 글쓰기를 주저합니다. 글 쓰는 행
위만으로도 누를 끼치는 게 아닐까 염려되어서겠지요. 아주 조
심스럽고도 훌륭한 작품을 문인수 시인이 선사하는군요. 간혹
자신의 텍스트와 재능을 반성하지 않고 열정을 낭비하는 가짜
시인을 볼 때면 저는 문인수 시인을 떠올립니다. 그만큼 사람
과 세상에 대해 낮고 따스한 시선을 유지한 채, 이미 한 경지에
오른 시세계를 펼쳐 보이면서도 자신의 작품에 대해서는 냉철
하고 겸손한 시인도 없습니다. "사람이야말로 절경이다. 그래,/
절경만이 우선 시가 된다./시, 혹은 시를 쓴다는 것은 그 대상이
무엇이든 결국/사람 구경일 것이다"('시인의 말')라는 소신을 실
천하며 절경과 절창을 사람 속에서 길어올린 시인이었습니다.

　그는 경북 사투리 억양과 말씨가 참으로 따스한 사람이자 또
술잔을 아주 공손하게 들어올려 기울이는 시인이었습니다. 그
공손함은 사람과 술을 위해서인지, 술잔을 향하는 것인지, 아니
면 그 전부를 다 담은 것인지 모르겠는 움직임이었습니다. 어느
해 봄날, 그의 신작 시집 출간을 기념하는 조촐한 저녁식사 자
리였습니다. 그가 공손하게 잔을 들어올릴 때 저는 "술잔을 부
딪는 것이 아니라 따듯한 손을 맞대는 느낌은 처음"이라고 혼

자말을 했습니다. 그 말을 들었는지 어쨌는지, 헤어질 때 그가 말했습니다.

"이 봄이 가기 전에 내가 박형한테는 반드시 술을 한잔 사야겠는데……"

"선생님, 제가 대구에 한번 내려갈 테니 그때는 꼭 사주시는 술잔을 받겠습니다."

그리고 계절이 지나고 해가 바뀌고 또 몇 번의 봄이 지날 때도 저는 대구에 가지 못했고, 끝내 그 약속은 영영 지킬 수가 없게 되었습니다. 그의 부음을 듣고 제가 할 수 있는 일이라고는 시집을 꺼내 홀로 술잔을, 인생과 운명을 향해 가장 낮은 마음으로 공손하게 술잔을 들어 그가 그려낸 절경을 다시 엿보는 것이었습니다. 2021년 6월 7일, "우주가 참 조용하였겠"(「쉬」)어야 하는 좋은 날이었습니다. 아직 봄날은 가지 않았어요, 하고 혼자 중얼거리는, 봄밤이었습니다.

이것이 날개다 · 문인수

뇌성마비 중증 지체·언어장애인 마흔두살 라정식 씨가 죽었다.
자원봉사자 비장애인 그녀가 병원 영안실로 달려갔다.
조문객이라곤 휠체어를 타고 온 망자의 남녀 친구들 여남은
명뿐이다.
이들의 평균수명은 그 무슨 배려라도 해주는 것인 양 턱없이
짧다.
마침, 같은 처지들끼리 감사의 기도를 끝내고
점심식사중이다.
떠먹여주는 사람 없으니 밥알이며 반찬, 국물이며 건더기가 온
데 흩어지고 쏟아져 아수라장, 난장판이다.

그녀는 어금니를 꽉 깨물었다. 이정은 씨가 그녀를 보고 한껏
반기며 물었다.
#@%, 0% · $&*%ㅐ #@!$#*? (선생님, 저 죽을 때도 와주실 거
죠?)
그녀는 더 이상 참지 못하고 왈칵, 울음보를 터트렸다.
$# · &@\ · %, *&#······ (정식이 오빠 좋겠다, 죽어서······)

입관돼 누운 정식 씨는 뭐랄까, 오랜 세월 그리 심하게 몸을 비틀고 구기고 흔들어 이제 비로소 빠져나왔다, 다 왔다, 싶은 모양이다. 이 고요한 얼굴,

일그러뜨리며 발버둥 치며 가까스로 지금 막 펼친 안심, 창공이다.

나무와 꽃과 새는
모두 멸종 위기

'대한민국 나무와 꽃과 새는 멸종 위기에 있다, 이게 다 시와 시인들 때문이다. 그런데 오늘 한 그루의 나무와 한 마리의 새가 또 죽었다.'

무슨 얘기냐고요? 저는 그때까지 들어온 말 중에 이 말처럼 혹독한 것도 없다고 생각했습니다. 합평회라는 게 있지요. 주로 습작기에 접어든 이십대 작가 지망생들이 거치는 과정으로 문학 창작 수업이나 모임에서 서로의 작품을 품평하는 것입니다. 그 시간과 장소에서 문학에 대한 에너지와 열정은 끓어 넘치다 못해 간혹 위악으로 가득 차기도 합니다. 그로 인해 칭찬보다는 질투 섞인 혹평이 더 많은 게 합평회라는 몹쓸 형식입니다. 지금도 전국 어디에서 상처에 민감한 문청들이 아픈 말을 주고받는 합평회는 이뤄지고 있겠지요? 아무튼 그때 순식간에 또 한 그루의 나무를 죽인 장본인으로 몰린 K는 한동안 칩거에 들어갔고, 한 마리 새를 추락시킨 P는 휴학을 했더랬습니다. 간혹이라도 모임에 나타날 수 있었을 텐데 졸업할 때까지 두 사람의 얼굴을 보기가 힘들었습니다. 새파란 예술혼에 그토록 치명적인 상처를 받고 말에 데어버린 사람들은 아주 가까운 벗이 아니면 작품을 아예 보여주지도 않곤 했지요.

정말 공격적이지만 한편 맞는 말이기도 합니다. 새와 나무와 꽃, 강물과 하늘과 구름, 또 흔하고 숱한 무엇무엇을 대상으로 하는 비유와 언어들은 뛰어난 시인들이 이미 다 썼기 때문에 같은 소재를 가지고 아무리 애를 써봐야 아류에 남기도 힘들지요. 죽은 비유(死比喩)와 권태로운 상징은 긴장의 끈이 살짝 녹아내리려는 순간, 기다렸다는 듯 그때를 놓치지 않고 탄생하는지도 모릅니다. 그런 죽은 시구를 보면 저 역시 무의식중에 소름이 돋을 만큼 작품이 싫어지는 마음을 어찌할 수 없습니다. 다 새로움에 대한 집착과 열망이 만들어낸 에피소드입니다.

간혹 우리는 시의 새로움은 이전 것과는 다른 비유와 어법과 형식에서 온다는 생각에 머물기도 합니다만 그것 또한 한낱 허상에 불과합니다. 다른 것과 새로운 것은 그야말로 '다른' 것입

니다. 다른 것에 집착한 나머지 억지 비유를 쓰고 계산과 의도
가 과잉된 시들도 숱하게 많습니다. 그런 시들이 새로운 시대와
세대의 시로 평가받는 씁쓸한 상황이 연출되기도 합니다. 새로
운 것을 정의 내리는 순간 그것 또한 낡은 것이 되겠지만, 소박
하게 제 맘대로 규정하는 새로움이란 예상치 못한 상상력의 폭
발에서 생겨납니다. 이것은 해석의 문제가 아니라 그야말로 자
연스럽게 또는 즉각적으로 '느끼는' 영역입니다.

> 내 생의 뒷산 가문비나무 아래, (…) 상처는, 오랜 가뭄 같았다
> 영영 밝은 나무, 혈관으로 흐르는 고통은 몇 볼트인가 냉장고가
> 가문비나무 배꼽 아래로 꾸욱 플러그를 꽂아넣고, 가문비나무는
> 빙점 아래서 부동액 같은 혈액을 끌어올린다
>
> 김중일 「가문비냉장고」 부분

오래전 신문지상에서 그의 등단작 「가문비냉장고」를 읽었을
때, 말 그대로 새로운 시인, 신인(新人)이 나타났구나 했습니다.
가끔 몸이 낡아서 방전되고 마음도 지쳐 오작동하고 있다고 느
낄 때면 저도 이 가문비나무에 플러그를 꽂고 고통의 볼트를 가
늠해보고 싶더군요. 지금 읽어도, 어떻게 읽어도 신선합니다.

✕

　그래요, 김중일이 써낸 「새」입니다. 그의 '새'는 죽지 않을 뿐만 아니라 마치 새로운 종의 탄생을 알리는 듯 다채로운 "천변만화의 새"입니다. 누구나 각기 다르게 꾸는 "신비한 꿈" 속에서 목격한 새를 찾고 있군요. 그렇기 때문에 이 시에서 새는 각자에게는 유일하나 규정할 수도 정형화할 수도 없는 새입니다. '매일 죽었다가 살아나는 새, 우레처럼 떨어지는 새, 아무도 볼 수 없는, 광활한 새'입니다. 이 새의 영역은 계속해서 증식되고 번져서 우주까지 뻗어갑니다. 아, 우주를 횡단하는 은하수를 새 떼로 볼 수가 있군요. 세상에 그 셀 수 없이 많은 은하수 새떼들 중 한 마리의 한쪽 눈알이 지구라니요. 이런 상상력은 쉽게 접할 수 있지 않아서 감탄이 절로 나옵니다. 우주를 횡단하는 새 한 마리의 눈 속에 티끌보다 작게 박인 한반도에서 우리는 살다 죽는 존재라는 것이지요.

　광활하다 못해 무한으로 향하는 상상력은 우리를 단지 새라는 몸과 그 몸이 차지하는 공간에만 머물게 하지 않습니다. 무한에 가까운 공간은 우리를 자연스럽게 시간 의식으로도 넘어가게 합니다. 이 전환은 시간에 대한 시인의 깊은 인식이 시집 곳곳에 나타나기 때문에 그리 낯선 것은 아닙니다. 우주에 비하면 새의 눈, 그 눈알의 지구는 찰나와도 같고, 우리의 존재는 찰나를 잘게 쏘개놓은 부스러기와도 같습니다. 상상력을 더 넓히면 그 찰나의 부스러기에서 영원을 찾게끔 하는 시인의 '새'입니다.

조금 다르게 읽어볼까요. 새는 '사이'의 약자이기도 합니다. 사이는 시간이자 공간이기도 하지요. 시 안에 등장하는 모든 새를 사이로 바꿔 읽어봅니다. 그러면 이 시는 아주 다른 국면으로 전환되는 동시에 자연스럽게 시간과 공간의 벽을, 굳어 있는 개념이나 편견을 부수고 무너뜨립니다.

내 맘대로 좀 더 다르게 읽어볼까요. 새를 사이로 바꿔 읽은 뒤, 다시 그 자리를 차례차례 '고통' '우울' '사랑' 같은 관념어로 대체해봅니다. '죽었다가 살아나는, 우레처럼 떨어지는, 광활한 사랑'입니다. '천변만화의 사랑, 내 정수리를 간질이는 사랑'입니다. 다른 빛깔의 시가 생명력을 가지고 다가옵니다. 조금 무리한 독법인가요? 하지만 '내 맘대로 상상하며 읽는 것'이 예술의 독법이기도 합니다.

김중일 시인은 조금만 오래 바라봐도, 무심코 던진 농담 한마디에도 볼이 발그레해지며 수줍어하는 소년 같은 시인입니다. 그러나 숫기 없는 그의 눈 속에는 시인이라면 이런 정도의 감각은 가지고 있어야지 하는 호기로운 빛이 서려 있기도 합니다. 그렇습니다, 이 정도는 되어야 멸종 위기에 처한 새를 구할 수 있겠지요. 여하튼 새와 나무와 꽃…들을 죽인 것도 시인이니 살려내야 할 주체도 시인이다,라는 황당한 생떼도 부려봅니다. 이게 다 판에 박히고 권태로운 저의 시간을 빼앗아 간, "너의 저녁을 훔"(「두 겹의 저녁으로 보는 테라스」)쳐 간 김중일의 시 때문입니다. 그의 매혹적인 '우주적 상상력' 때문입니다.

새 · 김중일

정수리를 간질이는 새

마을사람들의 일생일대의 목표는, 천변만화의 새를 잡는 것이었다 그 새를 잡아 마을회의중 탁자 위에 내놓으면 아무도 그 고독의 권위에 도전할 수 없으므로

한번은 누군가 마을회의중에, 빠르게 타들어가는 도화선이 달린, 위태로운 시간을 안고 벌컥 들이닥쳤는데, 바닥에 쓰러진 그의 한 손엔 죽은 달빛의 새 한 마리가 들려 있었다

하지만 아무도 그 새를 인정하지 않았다 아름다웠지만, 죽어 있었고, 각자가 '신비한 꿈' 속에서 목격한 빛깔의 새가 아니었으므로

마을의 아이들은 두 다리에 힘만 붙으면 예외없이 스스로 만든 사냥도구를 둘러메고, 출생과 함께 자신의 몫으로 배식된 시간을 주먹밥처럼 뭉쳐 배낭에 쟁여넣고, 사냥을 떠났다

먹어도먹어도 배고픈 시간으로 연명하며, 매일 총 맞고 매일 칼 맞고 매일 피 흘리고 매일 까맣게 죽었다가 매일 하얗게 살아나는 새, 하늘하늘 날았다가 우레처럼 떨어지는 새를 잡으러 헤매고 다녔다

아무도 볼 수 없는 새 광활한 새 오늘밤, 우주를 횡단하는 은하수, 그 새떼들 중 한쪽 눈에 지구라 불리는 푸른 눈알을 갖고 있는,

오늘도 내 정수리를 간질이는 새

꽃잎에 흔들리고
바람에 선동당하는 시

어느 해 연말 저는 영화 한 편을
보기 위해 즐거운 마음으로 구로구청 구민회관에 갔습니다. 절
친한 K선배가 드디어 영화를 완성해 그곳에서 상영하게 되었기
때문이죠. 혹시 '부정선거'라는 말이 낯설게 느껴지는지요. 대
통령직선제를 실시하는 우리 땅, 바로 서울에서 있었던 일입니
다. DJ와 YS의 단일화가 깨진 뒤 대선이 치러진 1987년 12월 구
로구청에서는 있을 수 없는 일이 벌어졌습니다. 봉인되지도 않
은 투표함을 몰래 반입하려던 것을 목격한 사람들이 부정투표 의
혹을 제기하고 농성하며 고립되었다가 잔인하게 강제 해산된
사건이 '구로구청 부정투표함 항의농성사건'입니다. 당시 사흘
밤낮을 갇혀 있다가 해산 과정에서 생지옥을 경험한 K선배는

그 어떤 트라우마보다 강력하게 각인된 그 기억을 십오년 넘게 추적하여 다큐멘터리(「놀 속에 갇힌 말」, 2004)로 완성했습니다.

아무튼 사건이 터진 장소에서 그 영화를 상영한다는 사실만으로도 저는 무척 감동하고 있었는데, 누구보다도 더 큰 박수를 치고 뒤풀이 내내 감격스러워하며 축하해주는 사람이 있었습니다. K선배의 말은 물론이고 누구의 말에도 최선을 다해 경청하는 사람이었습니다. 경청하되 때로는 물러서지 않는 단호한 눈빛으로 조용조용하게 반론하는 그였습니다. 얘기를 들으면 들을수록 나 스스로를 부끄러워하게 만드는 말들이었습니다. 오랫동안 구로동 일대에서 활동한 현장운동가라고 그를 소개하는 K선배가 문득 생각났다는 듯 덧붙였습니다.

"참, 이 양반 시도 써."

'시도' 쓰는 활동가, 송경동입니다.

그러고 몇 년을 또 일상에 파묻혀 그날의 기억이 가물가물해질 무렵 그의 첫 시집이 출간되어 읽었습니다. 다 읽고 난 그때의 첫 느낌은 솔직하게 말하자면 '거칠고 어설프다'였습니다. '시도 쓰는 게 맞구나'였습니다. 그런데 시집을 덮고 책장에 꽂아둔 지 몇 날 몇 달이 지나도 기억에서 사라지지 않는 시들이 있었습니다. 가령 이런 식으로 꽃을 노래한 작품이 그렇습니다. "쇠벽에/아로새긴 꽃//440볼트/혼신의 전력을 바쳐/단 일획에 그려져야 하는 꽃//피 튀기며 피었다/일순간 사라지고 마는 이 꽃처럼/살자던 한 굳은 맹세"(「용접꽃」). 얼핏 메말라 보이는 용접 현장에서 "썩지 않는 꽃"(같은 시)을 피우고 시로 포착하는 눈빛은 강인하기만 합니다. 책상머리에서는 절대 나올 수 없는 시입니다. 난을 치듯 일획으로, 신중하되 단숨에 뜨거운 숨으로 용접공만이 그려낼 수 있는 불꽃같은 작품입니다. 마치 태양을 응시한 뒤 눈꺼풀에 새겨지는 잔상처럼, 용광로에서 흘러나오는 철물처럼 뜨겁게 남는 시입니다. '굳은 맹세'라는 뻔한 표현도 "싸우려면 끝까지 싸워야지/도중에 그만두면 영원히 찌그러진다는 것"(「마음의 창살」) 같은 평범해 보이는 구절도 노동과 싸움의 현장에서 뽑아낸 것이기에 인상적입니다. "맑게 저무는 저녁 하늘/이 둥근 지구의 금 간 곳도 바르는/큰 흙손이 있다고"(「흙손」) 믿는 시선도 노동자의 가슴에서만 길어올 수 있는 따스한 서정입니다. 그의 시를 이렇게 기억에 남게 하는 힘, 그것은 역시나 꾸미거나 왜곡하지 않는, 거칠고 뜨거운 삶과 노동에 있습니다.

×

「사소한 물음들에 답함」을 읽다가 속에서 조금 찔렸거나 얼굴이 붉어졌다면 이 시를 제대로 읽은 겁니다. 학력에 대한 선입견은 우리 사회 곳곳, 어느 분야뿐만 아니라 우리 내면에도 깊이 박여 있습니다. 우리 사회가 얼마나 학력을 중시하는지 잊을 만하면 학력 위조 사건들이 불거져 나옵니다. 심지어 조국, 계급, 노동…… 또 무엇무엇의 해방과 평등을 위해 전위에 선 '전선'에서조차 은연중에 학벌이 중시되는 작품 속의 상황을 지켜보자면 더 할 말이 어디 있겠습니까.

곰곰 생각해보니 저도 이때껏 "싸늘하고 비릿한 막 하나가 쳐지는" 상황을 여러 차례 목격한 것 같군요. 이 시는 1980년대에서 1990년대로 넘어가는 시대상황을 표현하는 문장도 떠올리게 합니다. '돌아갈 곳이 있는 자들은 결국 돌아가버린다.' 먹물이거나 유한계급에 속한 이들이 노동현장에 위장 취업했다가 결국에는 등 돌려 떠나가는 작태를 야유했던 말입니다.

번드르르하게 화려한 비유와 시어(말발이죠), 현학취(衒學臭)나 사유의 비틂과 유희(책발, 먹물발이죠)가 주를 이루는 시(시뿐만이 아니죠)가 대단한 작품인 것처럼 주목받기도 하는 시대에, 드물고 귀하며 어찌 보면 어이없는 작품이 송경동의 시입니다. 시 쓴답시고, 문학한답시고 거들먹거리는 폼 따위는 떼어버리는 눈꼽에조차 섞이지 않게 하는 송경동 시인입니다. 명확하고 냉엄한 현실에서 그는 쉬지 않고 활동하며 그 현장에서, 길바닥에서 시를 씁니다. 평택 대추리, 용산참사 현장, 노점 상인의 추모 현장, 콜트·콜텍 해고 노동자 집회장, 기륭전자 비정규직 여성노동자 농성 현장, 한진중공업 사태 희망버스… 셀 수도 없이 많은, 약자들에게 억울하고 이해하기 어려운 사건이 일어날 때마다 그 현장에는 꼭, 그가, 시 쓰는 그가 있습니다.

기륭전자 사태가 투쟁에 남은 조합원 전부를 고용하는 쪽으로 매듭지어진 것도, 시인이 온몸을 던져 육년, 무려 1895일 동안 함께 싸운 결과였습니다. 정작 본인은 협상이 타결되기 직전 긴장감이 도는 대치 현장에서 크게 발목을 다쳐 입원하고, 이후 오랫동안 걷지도 못하고 재활치료를 받아야 했습니다.

'나의 모든 시는 산재시다' '서정에도 계급성이 있다' '너희는 고립되었다' '이 냉동고를 열어라'… 이것은 선언문 제목이 아니라 그의 시 제목입니다. 역사의 시계바늘이 자꾸 거꾸로 돌아가는 듯한 착각을 불러일으키는 현실이라면, 이해하려야 이해할 수도 없고 납득해서도 안되는 비상식적인 일들이 많아진다면 그의 '비시(非詩)적인 삶들을 위한 편파적인 노래'는 계속될 겁니다. '들에 가입되고 꽃잎에 흔들리고 바람에 선동당하고 강물에 지도받고 있다'는 그의 순수한 언어가 거짓 자백으로 내몰리고 추궁당한다면 그 '비릿한 막'은 절대 사라지지 않겠지요. 여전히 춥고 무더운 길바닥과 현장에서 아픈 몸을 이끌고 싸우는 그가, 시간을 쪼개 시를, 시 따위까지 쓰는 그가 그 현실에 힘겹게 서 있을 겁니다.

사소한 물음들에 답함 · 송경동

어느 날

한 자칭 맑스주의자가

새로운 조직 결성에 함께하지 않겠느냐고 찾아왔다

얘기 끝에 그가 물었다

그런데 송동지는 어느 대학 출신이오? 웃으며

나는 고졸이며, 소년원 출신에

노동자 출신이라고 이야기해주었다

순간 열정적이던 그의 두 눈동자 위로

싸늘하고 비릿한 막 하나가 쳐지는 것을 보았다

허둥대며 그가 말했다

조국해방전선에 함께하게 된 것을

영광으로 생각하라고

미안하지만 난 그 영광과 함께하지 않았다

십수년이 지난 요즈음

다시 또 한 부류의 사람들이 자꾸

어느 조직에 가입되어 있느냐고 묻는다

나는 다시 숨김없이 대답한다

나는 저 들에 가입되어 있다고

저 바다물결에 밀리고 있고

저 꽃잎 앞에서 날마다 흔들리고

이 푸르른 나무에 물들어 있으며

저 바람에 선동당하고 있다고

가진 것 없는 이들의 무너진 담벼락

걷어차인 좌판과 목 잘린 구두,

아직 태어나지 못해 아메바처럼 기고 있는

비천한 모든 이들의 말 속에 소속되어 있다고

대답한다 수많은 파문을 자신 안에 새기고도

말없는 저 강물에게 지도받고 있다고

시를
잘 쓰는 법이
있나요

꽤 오랜 기간을 문학출판사에서 편집장으로 일했더랬습니다. 간혹 출판사를 배경으로 하는 드라마에서 편집장 배역을 보고 있자면 정말 황당하리만큼 현실과 동떨어져 헛웃음이 나오면서 채널을 돌리게 됩니다. 실제 편집장의 역할은 그렇게 고상하거나 낭만적이지 않습니다. 그 시절 제 업무를 대략이라도 나열하자면 원고 발굴과 검토, 출간 추진 외에도 교정교열·출간 일정·보도자료·광고·표지와 본문 디자인·외주·SNS·작가 행사·각종 비용 지출 등에 대한 관리와 조정, 그리고 편집회의와 영업회의를 비롯한 숱한 회의 참석, 팀원과 팀장 간의 대립 조율, 작가와 언론과의 소통… 끝이 없습니다. 다만 이 모든 것을 통틀어서 요약할 수는 있는데 '전화하고 메일 쓰고 회의하기' 정도가 되겠군요.

어느 하나도 만만하지 않았지만 좀 더 괴로운 것은 종종 필자와 밥 먹고 새벽까지, 심지어는 동틀 때까지 술을 먹는 일이었습니다. 친구와 즐겁게 마시는 것과는 아주 다른 성질을 품고 있어서 저를 통과한 그 많은 술들은 몸속에서 더 해로운 독으로 쌓여 있을 거라 짐작합니다. 모두가 오래되지 않은, 가까운 옛날 방식입니다. 길게 대면하는 소위 '접대 문화'는 많이 사라졌고, 감염병 시대에는 꿈도 꾸지 못하는 일인 데다, 후배들은 꿈조차 꾸지 못하는 현실이 된 것을 다행과 당연으로 여기는 요즘입니다. 술자리만큼 괴로운 것은 월요일 아침 출근하자마자 매출 보고서를 보고 고민하고, 또 고민하기를 금요일 퇴근까지 이어간다는 것입니다. 이번 주는 책이 왜 이것밖에 안 팔렸지? 이래서야 연말에 후배들 상여금은 받게 해줄 수 있을까, 아, 예술(문학)로 돈 버는 것은 왜 이렇게 힘든 일일까, 같은 생각들로 스트레스가 이만저만이 아니었습니다. 만든 책들이 수백만 부가 팔려나갔어도 해와 달이 바뀌면, 주만 바뀌어도 똑같은 고민의 연속이었습니다.

업무 중에는 힘들기도 했지만 난감한 것도 있었는데, 바로 죽음을 배웅하는 일이었습니다. 요즘은 본인 상만 알리지만 당시

엔 제가 속한 문인단체에서 발신하는 문자의 99퍼센트가 문인들과 그 가족의 부고였습니다. 사적 관계라면 조문 여부를 결정하기 어렵지 않았을 텐데요, 문제는 대부분의 경우 제가 출판사를 대표해서 가야 한다는 점이었습니다. 솔직히 고백하자면 부고 발신지가 서울이면 고마웠고 지방이면 고민이 좀 더 깊었습니다. 평일이면 고맙고 주말이면(월요일 출근을 앞둔 일요일이면 더더욱) 싫은 마음을 어쩔 수 없었습니다. 누군가의 죽음이 고맙고 고민이라는 얘기로 들릴까 봐 난감하군요.

대중교통을 이용할 수 없거나 시간을 아끼기 위해서 지방 빈소는 주로 자가운전을 해서 갔는데, 그 거리만도 차를 심하게 풍화시켜 폐차시키는 데 지대한 영향을 미쳤을 겁니다. 저는 지금도 웬만하면 남에게 부의금을 대신 내달라고 부탁하지 않습니다. 그 무렵 장례에 참여하지 못하는 사람들은 으레 제가 상가에 가는 걸 알고들 전화를 걸어왔습니다. 장례식장 코앞에서 차를 돌리고 지방에서 수수료가 싼 은행을 찾아 헤매며 많게는 이삼십명분의 부의금을 인출하고 나눠 담아 전달하는 일은 여간 곤욕이 아니었습니다. 그보다 더 힘든 것은 내가 이 장례에 어떻게 참여할지 결정하는 일이었습니다. 처음 가는 동네에 망자뿐 아니라 상주까지 생면부지인 경우도 왕왕 있었습니다. 그럴 땐 숙소를 찾아 머무는 것도, 피곤을 무릅쓰고 장거리 운전

끝에 새벽녘에 귀가하는 것도 쉽지 않은 결정이었습니다. 운전하다가 졸려서 위험했던 날도 없지 않았습니다.

기꺼이 날을 지새울 수 있는 가까운 시인, 작가의 가족 장례이거나 짧게 머물러 부의 봉투만 전하고 나오는 관계라면 차라리 마음이 편했습니다. 문제는 친밀도가 그 중간 어디쯤인 경우입니다. 얼마를 머무르고 어느 정도 마음 씀을 해야 하는지 가늠하기는 정말 어려웠습니다. 게다가 저는 회사를 대표해서 온 사람이기 때문에 더 난감했습니다. 그러다 어느 순간 이것 하나만은 반드시 지키자고 스스로 약속하고 실천하니 마음이 조금은 평온해졌습니다. 어느 곳, 어느 장례에서든 고인을 배웅하며 두 번 절하는 인사만큼은 다른 문상객보다 마음을 담아 엎드리고, 흐트러지지 않는 자세로 공손하게 하자,는 것이었습니다.

감염병 시대에는 이런 조문 문화조차 옛것이 되어가고 있습니다. 이제는 애도하는 '마음 전하실 곳'이 계좌번호가 된 것도 어색하지 않습니다. 애도를 표하는 방식이 간편해지고 제가 쉽게 설명하지 못하는 마음의 불편마저도 덜 수 있게 된 것이죠. 그런데 삶의 마지막 인사를 송금으로 처리하는 게 도리에 맞는 태도인지는 모르겠습니다.

고향 친구들 모임이 있습니다. 다들 바빠서 점점 더 만나는 횟수가 줄어들기는 하지만 이 모임의 원칙이 하나 있습니다. 기쁜

일에는 빠져도 좋지만 가족 장례 같은 애사에는 다 같이 참석하자,는 것입니다. 슬픔은 반드시 만나서 나누자는 것이지요.

×

이십년 동안 시집과 소설, 잡지를 비롯해 수백권의 책을 만들고 나름 시를 쓴다고 알려져서인지, 문창과 강의를 나가거나 작가를 꿈꾸는 청소년을 만나거나, 심지어 술 취한 동료 작가들에게서도 제가 듣게 되는 단골 질문은 '어떻게 하면 글(시)을 잘 쓸 수 있는가'입니다. 시를 잘 쓰는 방법이 따로 있을 리가 있겠습니까. 어쩔 수 없이 답할 수밖에 없는 상황에서는, 질문하는 상대방 눈빛이 싸늘하게 변할 줄 알면서도 뻔하디뻔한 말을 늘어놓을 뿐입니다. 많이 읽고 생각하고 쓰는 것〔多讀, 多商量, 多作〕밖에는 도리가 없다고…… 이제야 덧붙이자면 '좋은' 글을 많이 읽는 것에서 나아가 그것들에서 '공통점'을 발견해내는 것이 더 중요합니다. 시는 물론이고 소설에서도 좋은 작품들의 공통점은 '말하지 않고 보여주기'입니다.

책을 만들면서 숱한 교정지를 앞에 두고 고치는 동안 작가, 시인들과 자주 부딪치게 되는 순간은, 어느 문단과 문장에서 쉽게 말(발설, 배설)하는 대목을 지우고(고치고), 감정을 더 건조하게 바싹 말리라(통제하라)고 충고하는 때입니다. 심하게 토론하고 싸우고도 고집을 꺾지 않는 경우에는 속으로 한마디 중얼거린 뒤 포기하고 맙니다. '그건 니 사정이고!' 끝까지 자기주장을 굽히지 않는 경우는 두 가지인데, 아주 드물게는 필연적인 이유를 내포하는 프로 의식(장인정신)의 과정일 때도 있지만 대부분은 설익은 아마추어의 고집이었습니다.

그렇습니다, 작품 속에서 감정 배설은 '그건 니 사정'에 불과합니다. 불의를 참지 못하고(그건 니 사정이고), 비가 와서 우울하고(그건 니 사정이고), 한 사람을 목숨처럼 사랑하고 그리워하고 증오하고(그것도 니 사정이고), 거기에 더해 '온밤을 하얗게 지새운다' 같은 뻔한 죽은 비유를 쓰고(그건 니 사정조차도 아니고!)…… 가령 '가을이 깊어가니 내 마음이 쓸쓸해졌다'와 '지난밤 첫서리에 강변 코스모스 꽃밭이 다 타버렸다' 중에 어느 문장이 더 '니 사정'에서 벗어나 '나의 사정'과 겹치는지요. '보여주기'는 객관화와 보편화의 다른 말이기도 합니다. 뛰어난 소설 묘사의 다른 말도 '잘 보여주기'입니다.

남의 사정이 내 사정이 되고, 독자의 사정이 되기 위해서는 말하지 말고 '보여줘야' 합니다. 그런데 습작생은 물론이고 많은 작가, 시인들조차 자신의 감정(사정)을 통제하지 못하고 허우적대다가 작품을 망치고 인쇄된 뒤에야 후회하는 걸 종종 보게 됩니다. 잘 보여줄 때 비로소 당신의 작품은 개인의 영역을 벗어나 보편의 공간으로 확장될 자격을 얻습니다. 보여주기만으로도 작품을 완성하는 것은 드물지 않지만, 아주 드물게는 수사와 비유조차 모조리 걷어내고 보여줌으로써만 '명작'을 완성하는 경우가 있습니다.

제가 아주 오랫동안 상가를 찾아 방방곡곡을 떠돌며 번민했던 그 복잡한 감정과 당혹스럽고 미묘한 순간과 심상들을 포착해, 단 두 문장의 짧은 작품 속에 그것도 아주 길고 넉넉하게 담은 후배 시인이 있습니다. 게다가 어떤 비유와 수사도 허락하지 않고, 쉽게 읽히는, 철저하게 '보여주기'로만 시를 써버린 것입니다. 이 시에 대해서는 어떤 해석도 필요 없습니다. 상가에 가는 길, 그것도 한 주의 시작인 월요일 출근을 앞둔 어느 사내의 버스 안 행동을 묘사한 박준의 「일요일 일요일 밤에」입니다.

시를 잘 쓰는 방법인 '잘 보여주기'를 위해서는 '시적 순간을 잘 포착'할 수 있어야 합니다. 제가 시인들한테 늘 농담으로 얘기하는 것이 '받아쓰기'입니다. 시인이라면 받아쓰기를 잘해야 한다는 것이죠. 밥을 먹고 술을 마시고, 길을 걷다가, 화장실에 앉아 있다가, 심지어 꿈을 꾸다가…… 생활 속 어디에든 널려 있는 이 받아쓰기 대상은 무심한 사람에겐 잘 들리지 않는 속삭임으로 다가올 것입니다. 잘 드러나든 드러나지 않든 간에 본질을 표상하는 모든 현상 전체가 받아쓰기 대상입니다. 그러나 '시적 받아쓰기', 즉 시가 되는 받아쓰기란 여간 어려운 일이 아니어서 종종 실패작이 되기도 합니다. 선승이 꿈속에서도 깨어 있듯, 늘 예민하게 존재를 열어두고 떨리는 시의 촉수를 펼쳐두는 자만이 잘 포착해서 보여주는 데 성공할 수 있습니다.「일요일 일요일 밤에」가 그러한 것처럼요.

×

박준 시인은 제법 오랜 기간 저와 같은 회사 같은 부서에 근무했습니다. 같이 술잔을 기울이며 오래 얘기해보면 알 수 있는 것이 있습니다. 나이 차가 나도 품이 선하고 넉넉한 후배가 그였습니다. 모든 사람이 등을 돌려 떠나버린 그 역겹고 괴로운 시절에도 끝까지 등을 보이지 않은 친구였습니다.

첫 시집『당신의 이름을 지어다가 며칠은 먹었다』를 건네받았을 때, 제목만 보고 '참 감상적인 시집이겠다' 단정한 저의 편견은 읽자마자 깨졌습니다. 사람은 물론이고 시적 대상에도 정성과 최선을 다해 함께하고 지켜내는 것은 그의 특기입니다. 일상의 숱한 상처들을 오래 부여잡고 빛을 부여해서 빚어낼 줄 알고, 삶과 죽음, 목숨 가진 모든 삼라만상을 시 속에 품을 줄 아는 시인입니다. 그런 심성을 가진 자만이 구제역과 열병으로 살처분되고 생매장되는 짐승의 눈빛을 진혼할 수 있습니다. 또 그 짐승들의 눈빛 때문에 몇 날 며칠 잠을 설치며 무거운 번뇌와 업장(業障)에 갇힌 마음들을 위로해줄 수 있습니다. '소들이 집단 매장된 땅에 냉이꽃이 소복을 입고, 자운영들은 향을 피우는'(「문상」) 그 마음과 풍경은 소중해서 언제든 다시 펼쳐들고 싶습니다.

"죽은 사람이 입던 옷들을 가져와/지붕에 빨아 너는"(「처서」) 마음도, 집 마당으로 날아드는 망자 옷의 색깔을 포착하고, 장례 의식을 함께 나누는 세계 역시 윤회를 거치며 덕을 쌓아 완성한 것입니다. 선한 의지 없이 이러한 시 쓰기는 쉽지 않습니다. 삶을 대하는 그의 태도와 작품세계를 요약하자면 '선한 시적 의지'입니다. 그리하여 비로소, 생명과 죽음과 상처 앞에 '마음을 담아 엎드리고, 흐트러지지 않는 자세로 공손하게' 모셔와 시를 쓰는 박준입니다.

일요일 일요일 밤에 · 박준

    일산병원 장례식장에 정차합니까 하고 물으며 버스에 탄 사람
이 자리에 앉았다가 운전석으로 가서는 서울로 나가는 막차가 언
제 있습니까 묻는다 자리로 돌아와 한참 창밖을 보다가 다시 운
전석으로 가서 내일 첫차는 언제 있습니까 하고 묻는다

3부

우리가
살아갈
모든 순간들

문득
가던 길을 의심하며
뒤를 돌아다보면

　　　　　　　　　　인간에게 걷는다는 것은 무엇인
가요? 직립보행으로 인간이 동물계의 권력을 쥐게 되고 인류의
역사가 시작되었다고 해도 과언이 아닌데 이 근원적인 동작을
묻는 것은 우문일지 모릅니다. 그런데 걷는 행위가 쉽지만은 않
은 것이 현실입니다. 미세먼지 같은 환경문제도 심각한 영향을
끼치지만, 분초 단위로 자신의 삶을 자본에 바쳐야 하는 현대인
들에게 '걷는다'는 점점 더 특별한 이벤트가 되어갑니다. 저 역
시 엘리베이터에 몸을 싣고 주차장에서 주차장으로 이동하고
겨우 점심시간에야 밥을 먹으러 가며 몇 걸음 걷는 것이 전부입
니다. 그래서인지 하루의 걸음 수와 운동량, 수면시간, 열량 소
모를 확인하기 위해 앱을 깔고 스마트 밴드나 시계를 차고 다니

는 사람들이 낯설지 않습니다. 그래도 여전히 기계가 관리하고 통제하는 일상이 개운지만은 않습니다.

짬을 내기 쉽지는 않지만 저는 걷는 것을 아주 좋아합니다. 제주 올레가 막 알려지기 시작할 무렵엔 그때까지 개방된 코스를 하루에 한 곳씩 걷기도 했습니다. 근래 들어선 올레길, 둘레길을 주말 단체 여행객이 점령해 줄지어 걷는 기이한 풍경이 연출되기도 하지만, 그럴 만큼 자연 속에서 걷는 것은 귀하고 소중한 일이 되었습니다.

올레 여행 중에 쉼터에서 만난 한 남자는 지금도 잊히지 않습니다. 그는 등산 스틱을 짚고 굉장히 빠른 '노르딕 워킹'으로 걸어왔는데, 그 이유를 물으니 하루에 두세 코스씩 걸어 며칠 안으로 올레길 전부를 주파(!)하는 게 목표라 하더군요. 그럴 거면 왜 이 아름다운 자연 속을 걷는지 선뜻 이해가 되지 않았습니다. 걷는 것은 맛있는 음식을 천천히 음미하는 행위와 같습니다. 여유를 가지고 여기저기에 핀 들꽃의 아름다움과 시시각각 변하는 바다의 색깔과 바람의 방향과 냄새를 느끼기에는 그의 걸음이 전투적으로만 보였습니다. 그의 모습은 마치 휴가를 떠나오기 전, 경쟁하듯 뛰어다니는 지하철 출근길 풍경과 비슷하게 다가올 뿐이었습니다.

걷는 것은 풍경을 깊게 보는 일이고 걷는 자의 사유와 시공간을 넓히는 일입니다. 걷는 것은 꽃이 피는 순간과 지는 순간을 기억하는 일입니다. 그러한 기억들이 삶을 구성하므로 잘 걷는 것은 곧 자신의 시간을, 삶을 사랑하는 자세와도 같습니다. 저에게 올레의 매력은 이정표를 따라 걷다가 실수로 길을 잃고 한참을 다른 곳으로 걸어가 머물다가 천천히 되돌아오는 여정에 있었습니다. 이탈했을 때 원시 자연 그대로의 풍경을, 더 많은 들꽃의 아름다움과 흔들림과 사람 사는 동네의 냄새를 제대로 느낄 수 있었던 거지요. 정해진 길을 벗어났을 때는 불안하기도 하지만 확실히 더 많은 풍경과 감동을 얻을 수 있습니다. 무심히 지나친 것을 뒤늦게 깨닫거나 볼 수 없던 것을 비로소 보게 되는 것, 이미 본 것도 전과는 다르게 보는 것 모두 '궤도를 이탈한' 뒤에야 가능해집니다.

✕

오래전부터 진안 시골 동네로 내려가 사는 동기가 있습니다. 덕분에 일년에 한 번쯤은 여러 친구들과 함께 그 집에 모여 놀곤 합니다. 취기가 오르자 친구들은 자신들이 당면한 문제들에 열을 올리기 시작했는데, 어느 순간 화제는 자식 교육 문제로 모아졌습니다. 학군과 학원 문제, 영어 교육, 학부모의 열의 따위의 이야기뿐이어서 따분하기 그지없었습니다. 한참을 떠들고 만취해 파장 분위기가 되었을 때 진안 사는 동기가 말했습니다. 왜 그 피 말리는 경쟁 궤도에 아이를 밀어넣어야 하지? 얼마나 좋은 학교에 보낸다고…… 일류대학에 들어간들 그렇게 정신없이 이십년 가까이 흘러간 아이들 인생은 행복할까, 아니면 너희들의 욕심과 자랑거리를 위해서?

모두가 답을 못하고 조용해졌습니다. 그의 말을 요약하면 자신은 마음껏 뛰어노는 아이들의 만족감이 가장 중요하다고 했습니다. 전교에서 5등이나 하는 큰애가 행복해하고, 전교에서 야구를 제일 잘하는 둘째가 자존감을 가지면 그만이라고 했습니다. 그 애들이 다니는 시골 학교는 전교생이 아홉 명이었습니다. 나중에 자식이 원하고 능력이 된다면 대도시에 보낼 것이고, 읍내에 있는 학교를 졸업한 뒤 농사를 짓고 싶어한다면 그 역시 똑같이 응원하겠다는 겁니다. 무엇보다 아무것도 강요하지 않고 아이들의 행복을 위해 자발적으로 경쟁에서 이탈하겠다는 것이었습니다. 경쟁 궤도에 올라타는 것은 의무가 아니라 아이와 함께 자라면서 선택해야 하는 문제라는 것이죠.

그 말을 듣고 모두들 뒤통수를 한 대씩 맞은 표정이었습니다. 자발적으로 이탈한 진안의 아이가 도시의 아이보다 더 자유롭고 상상력이 넘치는 사람으로 성장할 가능성이 크다는 것을 다들 알 것입니다. 풍부한 상상력은 그 자체로 엄청난 능력이 될 수도 있지만 무엇보다 삶을 더 여유롭고 행복하게 만들리라는 것도 잘 알겠지요. 하지만 다음 날 뿔뿔이 흩어진 그들은 또 무한경쟁의 도시로 돌아가 같은 패턴으로 아이들을 들볶을 것입니다. 이탈하기 위해서는 무엇보다 생활과 습관을 완전히 전복해낼 수 있는 무섭고도 커다란 용기가 필요합니다. 그만큼 이탈에는 남들과 다르게 사는 데에서 오는 불안과 또 뒤처질지도 모른다는 공포가 뒤따릅니다.

×

두렵고 무서워서 과감한 이탈까지는 못하기 때문에 우리는 여행을 떠나는지도 모릅니다. 아쉽지만 돌아가야 할 날이 정해져 있어 안전한 선택이 여행입니다. 결국 '되돌아가는 것'이 여행의 정의이기도 합니다. 현실을 벗어나 피안(彼岸)으로 넘어가고만 싶은 꿈과 뜨거운 비상(飛翔)을 시도하다 날개가 부러진 서러움이 여행을 충동하기도 합니다. 하지만 아름다운 꿈은 깨지고 현실의 '배고픔'을 참지 못해서 늘 저만큼 갔다가 되돌아오고 마는 것이 인생이기도 합니다. 소소한 이탈과 전복적인 탈

선, 위태해도 안전한 궤도를 앞에 두고 무엇을 선택할지는 각자
의 몫입니다.

　이불 밖은 위험한데 무슨 여행이며 이탈이며 자유를 논하느
냐고요? 이탈은 꿈도 꾸지 못하고 움직이는 것조차 귀찮아 집
에서 쉬고만 싶은데 무슨 헛소리냐고요? 이탈과 여행은 공간
이동을 통해서만 가능한 것도 아닙니다. 내면 여행에서도 가능
하지요. 나와 타자의 마음을 제대로 들여다보는 일도 어쩌면 가
장 오래된 여행입니다. 그 마음 여행을 도와주는 것은 시와 독
서일 수도 있고, 수련과 운동일 수도 있고…… 찾아보면 셀 수
없이 많을 것입니다. 그 역시 내면에서 만만치 않은 용기와 다
짐과 번민이 필요한 일일 수 있습니다. 마음의 이탈과 여행 또
한 하루하루를 사는 각자의 마음에 달려 있습니다. 분명한 것은
이대로 어제와 똑같은 하루를 반복만 하며 살아서는 안된다는
것입니다.

이탈한 자가 문득 · 김중식

우리는 어디로 갔다가 어디서 돌아왔느냐 자기의 꼬리를 물고
뱅뱅 돌았을 뿐이다 대낮보다 찬란한 태양도 궤도를 이탈하지 못
한다 태양보다 냉철한 뭇별들도 궤도를 이탈하지 못하므로 가는
곳만 가고 아는 것만 알 뿐이다 집도 절도 죽도 밥도 다 떨어져
빈 몸으로 돌아왔을 때 나는 보았다 단 한 번 궤도를 이탈함으로
써 두 번 다시 궤도에 진입하지 못할지라도 캄캄한 하늘에 획을
긋는 별, 그 똥, 짧지만, 그래도 획을 그을 수 있는, 포기한 자 그래
서 이탈한 자가 문득 자유롭다는 것을

뜨겁게 움직이는 침묵,
손의 언어

/ 징편(掌篇) 2 /
/ 묵화(墨畵) /
김종삼

묵화(墨畵) · 김종삼

물먹는 소 목덜미에

할머니 손이 얹혀졌다.

이 하루도

함께 지났다고,

서로 발잔등이 부었다고,

서로 적막하다고,

장편(掌篇) 2 · 김종삼

조선총독부가 있을 때
청계천변(川邊) 십전(一○錢) 균일상(均一床) 밥집 문턱엔
거지 소녀가 거지 장님 어버이를
이끌고 와 서 있었다
주인 영감이 소리를 질렀으나
태연하였다

어린 소녀는 어버이의 생일이라고
一○錢짜리 두 개를 보였다

　　　　　　소리 내서 언어를 전달하는 것
이 입과 혀와 목입니다. 언어를 침묵으로 전하는 것은 눈과 손
입니다. 소리와 침묵이 섞여 더 효과를 발휘할 때도 있지요. 말
과 말 사이 정지한 침묵은 더 단호하고 분명하게 뜻을 전하고,
움직이는 침묵인 눈빛과 손짓이 말소리와 결합해서 더 큰 실망
과 분노와 슬픔을 표현할 수도 있습니다. 고요하고 깊게 전해지
는 것 역시 침묵의 언어, 눈과 손입니다. 말하기 전에 이미 눈빛
은 애절함과 간절함을, 불안과 낙담을 담고 있습니다. 이루 말

로 표현하기 어려운 것들을 담아내는 눈빛은 어쩌면 우리가 생각하는 것보다 훨씬 더 많은 표정을 갖고 있는지 모릅니다. 사랑에 빠진 자의 눈빛은 고백도 하기 전에 모든 것을 아주 간절하게 끊임없이 만천하에 누설합니다.

눈빛이 마음의 무늬를 비추는 적막한 거울이라면 손은 거울에서 빠져나와 걸어가는 침묵입니다. 서로 마음이 통해서 손을 잡는 것처럼 강렬한 첫 몸짓도 없습니다. 그것은 어쩌면 첫 키스보다 처음으로 같이 자는 것보다 더 많은 뜻과 마음을 담고 있는지도 모릅니다. 손은 사랑의 시작을 증명하는 구체적인 행동이자 고백입니다. 눈물을 닦는 손, 눈물을 닦아주는 손, 애무하는 손입니다. 손은 사랑의 종말이자 파국이기도 합니다. 사랑이 식은 자의 손은 어떤 고별의 말보다 차갑습니다. 따스한 손을 더는 잡을 수 없을 때, 마지막으로 손을 놓칠 때 손에 쥐고 있는 사랑도 놓치게 됩니다. 미련으로 그 식은 사랑을 놓아주지 않을 때 손은 나락으로 떨어지는 폭력으로 변질되기도 합니다.

$$\times$$

침묵의 손은 또 노동이자 위로입니다. 밥벌이를 구체적으로 묵묵하게 수행하는 손이기 때문입니다. 사무직이든 육체노동이든 손의 도움을 받지 않고 일하기는 참으로 어렵습니다. 삶에서 가장 소중한 것이 하루하루를 꾸려가는 노동이기에 그 손은 위대하고 숭고합니다. 누군가 절망할 때, 크게 고통스러워할 때, 비탄과 참담 속에 있을 때 아무것도 도와줄 수 없다고 느끼면 우리는 다가가 손을 잡아주거나 가만히 어깨에 손을 얹어주곤 합니다.

짧은 시「묵화」속에는, 이 따스한 손에는 얼마나 많은 말이 생략되어 있고 깊은 위로가 담겨 있습니까. 말이 통하지 않는 짐승에게도 말을 건네는 손입니다. 고생했다고, 노동의 끝이 참으로 고단하고 적막하다고, 또 이렇게 후회 없이 하루를 살아냈다고, 이제 좀 쉴 수 있겠다고, 고맙다는 말만으로는 부족하다고…… 온종일 함께 노동한 뒤에 할머니가 손을 얹어놓는 시간은 침묵으로 그려낸 그림이자 말이 필요 없는 언어, 말 없음과 생략을 통해 가장 시적으로 마음을 움직입니다. 시 안에서든 밖에서든 침묵 속에서 머물러 교감하는 것이야말로 삶과 사랑의 영역이자 예술의 영역입니다.

동전을 내미는 거지 소녀의 손은 또 얼마나 많은 말을 하고 있습니까. 간절함과 애원과 무언의 항의와 권리를 표현하고 있습니다. 더러울지언정 당당한 손입니다. 부모를 등한시하고 잊고 지내는 우리의 가슴속까지 헤집어놓는 강렬한 손입니다. 제목에도 손이 담겨 있습니다. 손바닥(掌)처럼 짧은 이야기인 이 장편(掌篇)은 시가 되이 그 어떤 장편(長篇)소설 못시않은 기나 긴 여백과 울림을 선사합니다. 짧게 읽히나 수십년 세월이 흘러도 다시 꺼내 읽게 되는 김종삼의 시입니다.

✕

비는 것이 손입니다. 비비는 것도 손입니다. 기도이자 겸손이자 아부이자 비굴이자 용서를 빌고 화해하는 손입니다. 피를 묻히는 것도, 결백을 주장하는 것도 손입니다. 예수를 죽음으로 내몰고 빌라도는 손을 씻습니다. 머리에 얹는 손으로 죄를 사하거나 축복하기도 합니다. 병균을 옮기는 것도, 내성을 길러 면역력을 높여주는 것도 손입니다. 그래서 귀가 아플 정도로 듣는 만병 예방의 철칙이 손씻기입니다. 손은 결벽증이기도 합니다. 모던보이 백석 시인은 누군가와 악수를 하고 나면 더러운 것을 묻혀온 듯 반드시 손을 씻고서야 마음을 놓았다고 하지요.

중지로 욕하는, 엄지로 칭찬하는 손입니다. 투쟁하는 계급을 상징하는 손입니다. 박노해의 「손 무덤」은 노동의 역사에서 한 시대를 상징하는 작품입니다. 이 시만큼 자본과 싸우고 연대하는 손도 없습니다. 자책하고 부끄러워하고 더럽다며 반성하는 손은 이성복의 「아, 그걸 점심 값이라고」에 있습니다. 노동하는 모든 손은 평등하고 밥 앞에 겸손해야 한다는 것은 고영민의 「공손한 손」에 담겨 있습니다. 음악을 품고 음식을 담는 손. 피아니스트와 바이올리니스트의 딱딱한 굳은살에서 가장 아름다운 선율이 흐르고, 거칠게 터진 요리사의 손에는 행복한 맛이 서려 있습니다. 삶의 이력서이자 삶의 끝인 손입니다. 그래서 지푸라기라도 잡고 싶은 손입니다.

×

앓아주는 손이 있습니다. 연인과 가족과 자식이 커다란 아픔으로 입원했을 때 병상을 지키며 새벽빛 환해질 때까지 놓지 않고 고통을 나누는 손입니다. 차라리 내가 대신 앓아주고 싶다는 뜨거운 사랑의 손입니다. 지치지 않은 할머니의 사랑은 약이 되는 손입니다.

제가 만난 사람 중에 아주 겸손하고 성실하며 하루도 빠짐없이 맨 먼저 출근하던 가장이 있었습니다. 처음 사회에 나와 알게 된 그는 늘 웃는 얼굴이었고, 작정하고 크게 웃으면 하회탈처럼 환하게 주름이 져서 옆 사람조차 웃게 만드는 사람이었습니다. 자신보다 상대를 배려하며 역지사지(易地思之)를 실천하는 선배였습니다. 1987년 6월 민주항쟁을 뜨겁게 통과해낸 대학생이었습니다. 영화를 좋아해서 애정하는 명작들을 빌려주기도 하는 형이었습니다. 누구보다 아내를 사랑하는 남편이자, 주말이면 어린 아들의 손을 잡고 약수터에 가고 함께 영화를 보는 자상한 아버지였습니다. 그런 그가 어느날 지방 출장을 갔다가 뇌출혈로 쓰러져 누웠습니다. 산업재해로 인정받았지만 벌써 십몇년이 지나도록 의식을 찾지 못하고 있습니다. 처음에는 자주 문병을 갔으나 시간이 흐를수록 바쁘다는 핑계로 그 횟수가 줄어들고, 이제는 일년에 한두 번밖에 보지 못합니다. 누군가는 그에게서 끝없는 고통과 절망, 바닥없는 지독한 외로움을 읽고 갑니다. 인생이 무엇인지, 운명은 왜 이렇게 잔인한지 한탄하는 사람도 있습니다. 하지만 캄캄한 어둠 속에서 숨을 쉬는 것으로 그는 생계를 책임지며 가족을 지켜내고 있는지도 모릅니다. 대답 없는 그에게 말을 걸고 한동안 손을 잡고 있다가 돌아오는 것이 제가 할 수 있는 전부입니다. 이 손은 차마 물을 수 없는 안부입니다. '잘 지내나요? 잘 지내야 합니다. 지금 어디에 머물고 있든지 당신은 꼭 그래야 합니다.'

살아버린 당신,
또 살아가야 할 당신

수묵(水墨) 정원 1 · 장석남

—강(江)

먼길을 가기 위해

길을 나섰다

강가에 이르렀다

강을 건널 수가 없었다

버드나무 곁에서 살았다

겨울이 되자 물이 얼었다

언 물을 건너갔다

다 건너자 물이 녹았다

되돌아보니 찬란한 햇빛 속에

두고 온 것이 있었다

그렇게 하지 말았어야 했다

다시 버드나무 곁에서 살았다

아이가 벌써 둘이라고 했다

　　　　　　　강에서 흔하게 떠올리는 문학적
이미지는 현실과 이상, 차안과 피안을 잇거나 단절하는 길이지
요. 그래서 이 시에서 이승과 저승을 초월하는 시공간과 그 안
을 벗어날 수 없는, 끊으려야 끊을 수 없는 인연, 그 인연의 어긋
남을 읽어내고 안타까워할 수도 있겠지요. 또는 '삶은 원래 어
긋나게 설정된 것인가' 반문하며 이 시를 회한에 가득 찬 한생
의 아린 회상과 반성으로도 읽을 수 있겠지요. 화려하지 않은
이 시는 어떻게 읽어도 맑은 울림이 번지고 스며듭니다. 그래서
제목에 '수묵(水墨)'을 칠했는지도 모릅니다.

　이 시가 유독 저의 눈길을 끈 것은 그러한 의미 해석보다는
시에서 직유나 은유 같은 수사를 삭제한 점이었습니다. 가벼운
비유를 잘라버리기는 쉬워도 아예 수사를 배제하고서 이런 시

가 완성되었다는 것이 그저 놀라울 따름입니다. 비유 없는 시 쓰기는 시인의 내면에서 참으로 고통스러운 통증과 난맥이 뒤따르지요. 그 모든 고통을 지나왔다는 듯 시인은 그저 걸어온 길에 대해 이야기하듯 한 행 한 행을 툭툭 던져줍니다. 아주 무심히, 눈동자는 각도를 조금 기울여 창밖 풍경에 고정시킨 채로, 더 이상 담담할 수 없이 담담하게 들려줍니다.

"그렇게 하지 말았어야 했다"라니요. 이 행은 시의 문장도 산문의 문장도 아닙니다. 시인답지 않게 아주 평범한 문장입니다. 다른 행에서는 볼 수 없는, 강한 주관과 감정이 개입된 발언이기도 합니다. 하지만 이렇게 평범하기 짝이 없는 진술에 충격과 전율이 있습니다. 시인의 말은 그간 투명하고 담담하나 견고한 얼음판 같은 언어였습니다. 이 시행은 그 얼음판의 응결과 결집을 깨뜨리는 한마디입니다. 한데 그 깨뜨림은 불현듯이 자연스럽습니다. 찬찬히 읽어보면 이 말은 얼음판 아래 도저히 떼어낼 수 없는 기억을, 죽음까지 열리는 이별의 기억을 각오한 듯 수장시켜보지 않은 자는 쓸 수 없는 말이 됩니다. 강한 회한이 서린 이 말은 그리하여 수사 없는 심심한 수면으로 뛰어드는 파장으로 비로소 시의 육체를 완성합니다. 이 시의 강점은 물 흐르듯이 흘러가면서도 여백이 충분하다는 점입니다. 언어 사용의 적절함도 든든한 시의 골자입니다. '찬란'이라는 단어를 보십시오. 정말 그 단어가 꼭 있어야 할 곳에 있음으로써 그 말 앞에서는 '뒤돌아보아야' 할 것 같고, 뒤돌아보면 아프고 찬란해서 눈을 뜰 수 없을 것 같은 실감이 납니다.

곳곳마다 빈 공간이 많고 넓어 숨 시리던 겨울을 지나, 봄비와 바람과 꿈틀거리는 만물의 호흡들로 그 여백이 메워지는 계절로 들어서고 있습니다. 여백이 아주 길어지거나 깊으면 많은 생각을 할 수 있지만 쉽게 지칠 수 있지요. 이심전심도 여백이 어느 정도여야 가능하지 않을까요. 여백이 멀어져버리면 이심전심을 당연시하고 아주 깊어졌다 착각한 사랑도 실패하지요. 장석남의 시집 『왼쪽 가슴 아래께에 온 통증』은 여백이 참으로 적당한 작품들로 넘쳐납니다.

기나긴 강추위로 얼어붙었던 한강과 임진강도 봄비 하루에 풀어져내렸습니다. 녹아가는 마음속 깊은 강심에서 또 "그렇게 하지 말았어야 했"을 어떤 추억이 떠오르는지요. 살아버렸고, 또 살아가야 할 버드나무 곁을 당신은 찾으셨는지요.

우리가
사투리로 말할 때

오래된 편지 · 이대흠

큰형은 싱가포르로 돈 벌러 가고

물레에는 고지서만 쌓였다

초등학교도 다니지 못하신 어머니는

어깨너머로 겨우 한글을 깨쳤지만

혼자서 편지 쓰기에는 무리였다

보일러공인 큰형 덕분에 나는 중학교에

들어갈 수 있었고

어머니가 입으로 쓰시는 편지를

양면지에 옮기는 일을 하였는데

맞춤법도 없는 편지는 큰형을 곧잘 울리고

큰 악으야 여그도 이라고 더운디 노무 나라에서 얼매나 땀 흘림
시롱 고상허냐? 니 덕분에 아그들 학비 꺽쩡은 읎다마는 이 에미
가 니럴 볼 면이 읎따 늘 아부지도 잘 있고 아그들도 잘 있싱께
암 꺽쩡 하들 말고 몸조리나 잘하그라 저번참 핀지에 내 물팍 아
푸냐고 물었는디 내 몸땡이는 암상토 안항께 꺽쩡얼 허들 말어라

그럴 때면 나는
편지에는 계절 인사가 있어야 한다고 우겨댔는데
그러면 어머니는,

속닥새가 우는 걸 봉께 밤이 짚었구나
샐꽉에 있는 수국이 허뿍 펴부렀다
이러다가,

그 까튼 거 물라고 쓴다냐
기냥 몸이나 안 아픈지 으짠지 고것이 더 중하제
느그는 성이 짠하도 안하냐?
뙤약볕에서 내 자석이 피땀 흘려 번 돈을

호박씨 까묵대끼 톡톡 끼리고 있짱께 중치가 멕힐락 함마이잉

이참 월급도 다 써불고

느그 성 나오면 통장이나 한나 쥐사 쓸 것인디

에미 에비 있능 것이 도와주지도 못함서

하면서 이내 눈물을 글썽이셨는데,

이쯤 되면 나는 어머니가 했던 말을 마음대로 버무려

편지를 썼는데,

큰 악으야 에미다 더운 디서 일하니라고 고상이 징상나게 많

지야 여그도 이라고 더운디 니는 오죽하겄냐 근디 우째사 쓰꺼

나 니 나오면 통장 한나 둘라고 애끼고 애낀다마는 이참 월급도

아그들 납부금 내불고 농협 빚 조깐 쥐알려불고 낭께 읎어져부렀

단마다 차말로 내가 에미제만 할 말이 읎다 더운 나라에서 피땀

흘리고 이쓸 너를 생각하면 중치가 멕히고 숨이 멕힐락 한다마

는 우짜겄냐 벨 도리가 읎어분다 못짜리 할 때부텀 울던 속닥새

가 또 운 것을 본께로 밤이 이상 짚었는 모냥이다 니가 작년 가슬

에 싱게놓고 간 국화도 이상 커부렀다 깽벤 밭에는 감재랑 콩을

싱겄는디 아까 낮에는 아그들 데꼬 가서 밭을 맸다 날이 징상나

게 더와서 아그들은 풀 조깐 매고 나서 뫼욕을 하드라 아그들 뫼

욕한 거 보고 이씀서 오매 우리 큰악으는 더운디서 엄마나 고상할끄나 생가허닝께 눈물이 니드라 모쪼록 여그는 암상토 안항께 니 몸 하나 건사 잘하기 바란다 펜지를 쓴다고는 쓰제마는 니 낫을 볼 면모기 읎어서 우짜꺼나 못난 에미가 무담시 우리 큰악으만 고상시키고 있구나 니가 그라고 피땀 흘림서 번 돈을 한나도 모태도 못하고 우짤까 몰르겄다 아그들이 크면 니 덕을 알랑가는 몰겄다마는

이쯤 쓰고 있노라면 어머니 눈에는 눈물이 글썽이고, 나는 엄니가 불러준 대로 고대로 써부렀네이 하고는 편지 말미에

큰성 나 대흠인디, 엄니 시방 울고 있소. 큰성 이약만 나오면 눈물부텀 흘린당께. 모쪼록 몸 성히 잘 지내시고, 나올 때게 샤프펜슬 꼭 잊지 마씨요이잉.

하고 두어 마디 붙이곤 하였는데

　　　　　"네가 작년 가을에 심어놓고 간 국화도 생각보다 많이 자랐다 강변 밭에는 감자랑 콩을 심었는데 아까 낮에는 아이들 데리고 가서 밭을 맸단다 날이 아주아주

더워서 애들은 풀을 조금밖에 매지 않고서 수영을 하더라 (…) 우리 큰애는 더운 데서 얼마나 고생이 심할까 생각하니 눈물이 나더라 (…) 네 얼굴을 볼 면목이 없어서 어쩔까 싶구나 못난 엄마가 팬스레 우리 큰애만 고생시키고 있구나 네가 그렇게 피땀 흘려 번 돈을 조금도 모으지도 못해서 어쩔까 모르겠다"

"에이 나 안해! 뭐야 이게. 넌 시를 글자로 읽기만 하냐? 그것도 사투리를? 단어의 뜻을 다 몰라도 그냥 네 느낌을 믿어봐!"

얼마 전 술자리에서 만난 서울내기와 부산내기 후배 앞에서 저는 그만 짜증스럽게 말했습니다. 서울내기는 전라도 텍스트의 의미와 리듬에 도통 적응이 되지 않는 눈치였습니다. 정말 그랬는지 아니면 저를 떠보려고 그랬는지는 잘 모르겠지만 아무튼 통역(?)을 부탁해서 무심코 실시간 표준어 번역으로 읽어주다가 이런, 처음에는 어이가 없다가 점점 불쾌해지고 텍스트는 망가지고, 심지어 읽고 있는 제가 다 심각하게 훼손당한 느낌마저 들었습니다. 아닌 게 아니라 읽는 와중에도 많은 시어들이 바로 시들어서 객사하기 직전이었습니다. 그래요. 시는 종종 읽는 것이 아니라 느끼는 것입니다. 사투리는 더더욱 눈으로 읽는 것이 아니라 그 장단에 맞춰 흥얼거리며 춤추는 것입니다. 오죽했으면 허수경 시인은 "소나무는 제 사투리로 말하고/

(…) 김 매는 울 엄니 무슨 사투리로 일하나/(…) 울 엄니 지고 가는 소쿠리에/출렁출렁 사투리 넌출"(「뗑빛」)이라고 생생하게 꿈틀거리는, 거의 만져질 것 같은 언어를 선물해주었을까요.

조금 흥분했던 마음이 가라앉자 저는 서울내기에게 한 선배 소설가의 사투리 예찬을 들려주었습니다. 제가 정말 좋아하는 작품들, 다분히 시적인 소설들을 쉼 없이 쓰는 박민규 작가는 경상도 출신인데요. 그는 전라도 사투리 특유의 음악적인 리듬과 선율에 반했다, 그 '베리에이션' 또한 음악으로 치면 재즈에 맞먹는다고 했습니다. 그러면서 단적인 예를 하나 든 것이 있는데요. 그의 표현을 빌리자면 그것은 하나이면서 여럿이기도 하고 미묘한 점층의 속내까지도 서려 있는 감탄사였습니다. 바위가 굴러오거나 선반에서 무거운 물건이 떨어지면서 위험에 처하는 그 짧은 시간에도 사투리의 묘미는 경탄스러울 정도로 발휘된다는 것이지요. 위험한 상황을 인지하는 과정에 따라 점, 점, 점, 다르게 변주되는 그것은 "워메!"(인지 직후) → "와따메!!"(심각한 인지) → "아이고메!!!"(더 심각한 인지 또는 인지 사건의 발발)이었습니다. 아, 이 상황도 글로 쓰려니 묘사가 실감 나지 않는군요. 그 선배가 직접 흉내 냈던, 경상도 억양이 섞인 이 감탄사들의 발음은 흡사 제3국의 언어 같아서 저는 배꼽을 잡았습니다.

아무튼 그 선배의 사투리론을 끌어다가 술자리 분위기를 살짝 개선시킨 뒤 저 역시 슬슬 장난기가 발동해 부산내기 후배에게 시를 번역시켜보았습니다.

"큰아야 요도 이래 더븐데 나므 나라에서 얼마나 땀 흘리싸코 고생하노? 니 덕분에 아아들 학비 걱정은 읎다마는 이 어매가 니 볼 맨목이 읎데이 느그 아부지도 마 잘 있고 아아들도 잘 있시니까 아아무 걱정하지 말고 니 몸이나 단디 하그래이 저븐 짝 팬지에 내 무르팍 아푸냐고 물었제, 내는 마 괜찮다 걱정하지 말그래이 (…) 행님아 내 대흠인데, 엄마 지금 울고 있데이. 행님 이바구만 나오믄 눈물부텀 쏟아쌌는다. 우야든동 몸 단디 하고, 나올 때 샤프펜슬 꼭 잊지 마래이."

써놓고 찬찬히 보니 정말 놀라웠습니다. 양쪽의 사투리 모두 생동감이 있었습니다. 시 바깥으로, 저 아래로 동떨어져 크게 다치는 것은 표준말뿐이었습니다. 전라도와 경상도의 언어의 근친성에 놀라기도 했지만 새삼스럽게 깨달은 사실 하나, 역시 사투리의 맛깔은 그 지역의 억양과 리듬으로 발음될 때 가장 아름답게 발휘되고 그 차이점을 명확히 알게 된다는 점이었습니다. 헤어질 무렵, 후배에게 그 '워메, 와따메, 아이고메'를 부산말로는 뭐라고 하느냐고 물었습니다. 후배 왈, "미기는요, '뭐고!' 아닌가베요. 내는 원래 짤른 그 좋아한다 아입니꺼."

고리타분하게 대체 어느 시대적 이야기냐고, 또 사투리 이야기, 어머니 이야기냐고 투덜댈 수도 있겠지요. 하지만 앞으로 몇십년 뒤에도 이런 소재와 주제들은 또 이야기하게 되지 않을까요? 마치 시는 죽었다고 단정적으로 거론한 뒤 수십년이 지난 지금까지도 똑같은 이야기를 반복하는 것처럼요. 그렇게 오래된 것들을 깊게 묵힌 언어로 능청스럽게, 징상스럽게, 짠하게 풀어내는 것, 그것은 앞으로도 시의 한 영역으로 살아갈 것입니다. 다만 사투리로 쓴 시가 다 좋은 작품이 되지 않는다는 점은 시인들이 경계해야 합니다. 표준어로 번역했을 때 평범한 산문과 일기 정도에 머무른다면 결코 의미 있는 작업이 될 수 없습니다. 사투리로 쓸 때도 팽팽한 긴장과 리듬은 물론 삶의 이면을 읽어내는 시선까지 담아야겠지요. 이런 시각으로 보면 꽤나 길어져버린 이 시 역시 좀 더 긴장할 대목이 없지는 않습니다.

사투리도 사투리지만 이 시에서 유심하게 마음이 머문 곳은 '샤프펜슬'이라는 한 단어입니다. 그 어느 한 시절에 샤프펜슬은 대체 무엇과 비교할 수 있을까요? 요즘으로 치면 스마트폰이나 드론 같은 건가요? 아닙니다. 그것보다 더 깊은 열망이 담긴 물건이 바로 초창기의 '샤프펜슬'이 아닐까요? '쓰다'라는 행위가 아주 소중했던 그 시절, 어린 저 역시 더 좋은 샤프펜슬을 가지고 싶어서 대처에 나간 큰형에게 편지를 쓴 적이 있으니, 시를 읽다가 왜 아니 울컥, 중치가 꽉 멕히지 않을 수가 있겠습니까.

×

결이 다른 이야기인데 사투리 하면 떠오르는 후배들이 또 있습니다. 대학 시절 정읍 출신이 확실한 제 후배 L은 졸업할 때까지 사년 내내, 서울인지 경기도인지 아님 부산인지 어디 출신인지 모르는 또 다른 후배 P를 열렬히 (짝)사랑했지만 거절만 당하다가 끝내는 포기해버렸습니다. L만큼 순정을 가진 아이가 드물었기 때문에 P가 왜 그렇게 그 친구를 싫어했는지 궁금했습니다. 그 애가 뭘 잘못한 게 있느냐고, 물론 시간이 상당히 지난 어느날 물어보았지요.

"아뇨 선배, 다른 게 아니라 단어 하나 때문이었어요. L이 저더러 자꾸 '가시내'라고 하잖아요. 욕처럼 들려 그게 아주 싫었어요."

친근한 관계라고 애정을 담아 '머슴애'와 동격으로 생각했을 L의 호칭이 P에게는 모욕적인 비하로 다가간 것입니다. 그 한 단어가 L의 사랑을 좌우했을 수 있다고 생각하니 한동안 멍해졌습니다.

표준어와 사투리의 문제를 떠나 모든 언어는 시공간에 따라 의미가 변하고 정체성이 달라지기도 합니다. 애초에 정체성을 규정하는 이름 짓기부터 잘못된 것을 모르고 쓰는 단어들도 많습니다. 우리 산야에 흔하게 피는 들꽃들을 발음하기도 민망한 표현과 성적인 멸시까지 담은 이름으로 오래 불러온 것도 모자라, 그 명명의 상당수는 일제가 저지른 왜곡이라는 주장(이윤옥 『창씨개명된 우리 풀꽃』)까지 접하면 현기증으로 울렁거리기까지 합니다. 같은 대상을 지역별로 다르게 부르는 경우는 숱하게 많습니다. 고증도 함께해야겠지만 방언이든 북한말이든 차별을 내포하지 않는 단어를 우선순위로 사전에 올려 순화하려는 노력도 필요합니다. 그래서 봄까치꽃, 가시모밀, 구슬꽃나무 같은 아름다운 꽃 이름으로 대체하자는 제안(동북아생물다양성연구소)은 무척이나 소중합니다.

일상에서 관습적으로 쓰는 모든 말들의 기원을 따져보는 것은 이제 시대정신이 되었습니다. 대상을 어떻게 부르느냐에 따라 부당한 권력관계, 젠더와 계급의 차별을 고착시키기도 하고, 정체성과 이름을 정하는 언어가 사회 변혁의 수단(리베카 솔닛)으로 작동할 수도 있습니다. 제가 졸작(「노동시 혹은 에디터십」)에서 소재로 삼아 문제를 제기한 단어도 있습니다. 저는 '편집자'라는 단어를 가급적 쓰지 않습니다. 차라리 '에디터'라는 영어를 쓰고 마는데, 책을 편집하는 사람들에게는 모두 '-editor'가 따라붙기 때문입니다. 서로 다른 의미를 가지는 편집자(者)는 무엇이고 편집인(人)은 또 무엇입니까. 특정 직업과 인격을 지칭하는 데 '자(者)'와 '원(員)'을 쓰는 것은 아주 오래전부터 시대 감수성에 맞지 않았습니다. 미화원과 역무원 같은 단어는 바꿔야 합니다. 문장은 물론 글자 하나하나에도 감수성을 높여야 할 사람들이 의식 없이 습관적으로, 때로는 떳떳하게 '편집자(編輯者)'와 '기자(記者)'라고 스스로를 소개하면서 자신의 노동 가치와 직업군 전체를 폄하하는 것은 도무지 이해할 수가 없습니다.

무엇보다 중요한 것은 내가 당신에게, 당신이 친구와 가족에게, 우리가 오늘 하루 마주친 모든 사람들에게 배려와 애정을 담아 표현했다고 착각하는 말 한마디가 혹시 멸칭은 아닌지 늘 곱씹어봐야 한다는 것입니다.

청춘은 평생을 뜨겁게
지나가고 있습니다

불취불귀(不醉不歸)
허수경

비망록
김경미

비망록 · 김경미

햇빛에 지친 해바라기가 가는 목을 담장에 기대고 잠시 쉴 즈음. 깨어 보니 스물네살이었다. 신(神)은, 꼭꼭 머리카락까지 조리며 숨어 있어도 끝내 찾아주려 노력하지 않는 거만한 술래여서 늘 재미가 덜했고 타인은 고스란히 이유 없는 눈물 같은 것이었으므로,

스물네 해째 가을은 더듬거리는 말소리로 찾아왔다. 꿈밖에서는 날마다 누군가 서성이는 것 같아 달려나가 문 열어보면 아무 일 아닌 듯 코스모스가 어깨에 묻은 이슬발을 툭툭 털어내며 인

사했다. 코스모스 그 가는 허리를 안고 들어와 아이를 낳고 싶었다. 석류속처럼 붉은 잇몸을 가진 아이.

끝내 아무 일도 없었던 스물네살엔 좀 더 행복해져도 괜찮았으련만. 굵은 입술을 가진 산두목 같은 사내와 좀 더 오래 거짓을 겨루었어도 즐거웠으련만. 이리 많이 남은 행복과 거짓에 이젠 눈발 같은 이를 가진 아이나 웃어줄는지. 아무 일 아닌 듯.　　　해도,

절벽엔들 꽃을 못 피우랴. 강물 위인들 걷지 못하랴. 문득 깨어나 스물다섯이면 쓰다 만 편지인들 다시 못 쓰랴. 오래 소식 전하지 못해 죄송했습니다. 실낱처럼 가볍게 살고 싶어서였습니다. 아무것에도 무게 지우지 않도록.

몹시도 뜨거워서 차갑게 절망하는 시절이 있었습니다. 상처 없이 아프던, 한마디로 말이 안되는 시절이었습니다. 논리정연하게 말이 되는 것들은 모두 혐오하고 단호히 거부하며 저항하고, 말이 통하지 않아서 낄낄대다가 슬퍼져서 술을 마시던 시절. 말이 안 통해서 버티고 위로받는 젊음이 있었습니다. 서로가 우주에서 가장 불행하다며 절망의 깊이를 재서 누가 더 깊은지 내기라도 하는 듯 어처구니없는 이십대 초반, 반미치광이들이었습니다. 가령 이런 구절은 그때

의 마음을 아주 조금은 대변해주는 듯싶습니다. "말이 안 통하므로 더 이상의 진지함은 없다//말이 안 통해서 술을 먹지 않으면 집에 들어가기 싫고 술을 먹으면 집에 안 들어간다/(…) 말이 안 통해서 우리는 상처 없는 아픔과 절망 없는 고통을 하고 싶어한다."(김중식「행복하게 살기 위하여」)

말이 안되게 뜨거운 한여름 오후였습니다. 취기가 올라 그늘과 햇볕을 구분하기도 귀찮은 상태였습니다. 그때 누군가 몇 마디 툭 던지자 잔디밭에 모여앉은 이들 모두가 동시에 울음을 터뜨렸습니다. 마치 이미 울 준비를 다 마치고서 그 말을 기다렸다는 듯 엉엉 울었습니다. 두 시간 넘게 울다가, 울다가 지쳐서 기진맥진한 채로 서로를 빤히 바라봤습니다. 누군가는 색조화장이 번져서 뺨 위로 검은 강이 흘렀고, 누군가는 작은 눈이 퉁퉁 부어서 눈을 감고 있는 듯 보였으며, 누군가는 실컷 울다가 토하기도 했습니다. 덥기로 치면 둘째가라면 서러울 그해 7월 대낮, 거짓말처럼 교정엔 우리 말고는 단 한 사람도 지나가지 않았습니다. 그 광경을 목격한 사람이 있었다면 누군가의 부모나 애인이 갑작스레 죽은 줄 알았을 것입니다.

누가 더 슬픈지 경쟁적으로 토해내게 만든 건 누군가 한숨처럼 중얼거린 허수경의 시구절이었습니다. 야, 너만 아픈 게 아니야. "저 뱀도 맘이 아파, 왜?/몸이 다리잖아요 자궁까지 다리 잖아요 (…)/결국 마음이 먹은 술은 손을 아프게 한다"(허수경「흰 꿈 한 꿈」). 이 대목을 듣자마자 다들 깊은 엄살과 절망에 빠져들 었고, 생각난 듯 갑자기 아프기 시작했고, 점점 크게 울기 시작 했습니다. 전쟁도 겪어보지 않았으면서 전쟁만큼 고통스럽다 고, 우리는 모두가 젊디젊은 패잔병, 겁먹은 탈영병이라고 했습 니다. 또 누군가는 혀 꼬인 소리로 나지막이 읊조렸습니다. "우 리는 만남도 없고 깊이도 없는 세대다. 우리에게 깊이는 끝 모 를 나락이다. 우리는 행복도 없고 고향도 없고 이별도 없는 세 대다. (…) 마음이 내지르는 비명을 두려워하며 도둑처럼 슬그머 니 도망친다. 우리는 귀향 없는 세대다. 우리에게는 돌아갈 곳 도 없고 마음 줄 이도 없다."(볼프강 보르헤르트「이별 없는 세대」)

한 사람을 사랑하지 못해 오래 아팠던, 심장이 터질 것처럼 아팠던 누군가는 막상 연애를 시작하고부터는 아프지 않아서, 적막하고 평화롭기만 해서 그 남자를 버렸다고 했습니다. 누군 가는 새파랗게 젊은 게 싫고 존재하는 것조차 고통스러워 죽고 만 싶다고 했습니다. 누군가는 가난해서 숨 쉬기도 힘들다고 했 습니다. 또 누군가는 군대 가는 게, 집단생활하는 게 죽기보다 싫다고 했습니다. 그림이 풀리지 않아 날마다 캔버스만 찢어발

긴다는 누군가도 있었고, 시 따위는 개나 줘버리라고 울부짖는 치도 있었습니다. 일굴을 묻고 아무리 울어도 울기를 그만둬도 그때 그 "마음을 놓아 보낸 기억만 없다"라고 말했습니다. 안녕하지도 않았지만 안녕하기를 바라지도 않았습니다. 청춘이 빨리 지고 순식간에 폭삭 늙어서 삶이 어서 지나가버리기만 간절하게 애원했습니다.

✕

봄꽃 그늘에서, 가을 낙엽 위에서, 눈밭을 헤치며 술을 마시고 해장술이 모자라 또 낮술을 마시고 음악과 문학과 예술에 대해 엉망진창으로 서로 싸우고 새벽에 가서야 간신히 화해하고 돌아가던 청춘들이었습니다. 아침 달이 떠오를 때까지 취하던 시절. 왜 그렇게 아팠냐고 물었다면 그 누구도 대답하지 못할 것입니다. 주변에는 실제로 사고로 떠나고 스스로 떠난 친구들이 있었습니다. 취생몽사(醉生夢死), 취해서 살고 꿈꾸다 죽고 싶었고, 몽생취사(夢生醉死), 꿈꾸며 살다가 취해서 죽고 싶었습니다. 오로지 가슴으로만 느끼고 마음으로 이야기하던 관계들이었습니다. 길을 잃고 헤매는 마음들뿐이었습니다. 그 마음들이 무작정 아파서 아름답다고 다들 마음으로 이해했습니다. 자해는 아니었으나 자학으로 비난해도 억울하지는 않을 시간들이었습니다. 장마 같은, 낙화 같은, 가을 서리 같은, 노을 지는 새벽 같은, 폭설 같은 청춘이었습니다.

할 수 있는 게 아무것도 없는 시절이었습니다. 술을 깨고 보니 스물네살이었고, 스물네살은 그냥 스물네살이었습니다. 누군가는 늦은 군대를 가고, 누군가는 배낭 하나 메고 인도로 떠나고, 산으로 가고, 누군가는 유산을 하고, 누군가는 버릇처럼 자살 시도를 하고, 누군가는 유학을 가고, 그리고 금융위기가 오고, 누군가는 계속해서 가난해야 했습니다. 그리고 그 누군가들을 내내 만나지 못했지만 "오래 소식 전하지 못해"도 나쁘지만은 않았습니다. 스물넷, "좀 더 행복해져도 괜찮았으련만" 왜 그렇게 아픈 스물네살이었는지 이해하려 해서는 안됩니다. 설명할 수 없는 그 시간 속에 함께하고 같이 아파해준 것은 오직 시와 음악뿐이었습니다. 역시 설명과 논리는 개에게나 주고 마음으로만 들어오는 시들이 있었습니다. 그런 청춘 같은 시들은 지금도 몸서리나게 좋습니다. 독서실에서 끙끙대며 머리를 써가며 쓴 듯한 시들이 유행하기도 하지만 그것들은 진짜 가짜들입니다. 심장 같은 시는, 전율하는 시는 시간이 흐르고 시인은 늙고, 심지어 병들어 죽은 뒤에도 여전히 살 떨리게 두근거리고 펄떡거립니다.

　청춘(青春)을 어떻게 쓰나요, 청춘에서 무엇을 읽는지요. 말 그대로 봄날로 비유해 꽃의 화려함과 절정을 소리 내 읽어도 좋고, 묵언으로 낙화의 슬픔을 그려내도 좋습니다. 더는 뜨거울 수 없는 열병과 길이 끊긴 절벽과 폭포, 더 이상 아름다울 수 없는, 그래서 더없는 외로움과 안타까움을 끝까지 밀고 간 곳에 청춘의 형상은 어렴풋하게 있을지 모릅니다. "아무것에도 무게 지우지 않도록" "실낱처럼 가볍게 살고 싶"은 것, 아무도 찾을 수 없는 '절벽에 피우는 꽃' '쓰다 만 편지' '더듬거리는 말소리'로 안부를 묻는 것, "끝내 버릴 수 없는, 무를 수도 없는 참혹"(허수경 「혼자 가는 먼 집」)에 기꺼이 몸 던지는 것이 청춘의 존재 방식입니다.

　나의 청춘을 함께 버텨준 시인 허수경은 실연당한 아침처럼 떠났습니다. 또 언젠가는 청춘의 시인들이 하나둘 떠나겠지요. 하지만 갔어도 그들은 내내 지나가버리지는 않을 것입니다. 누구에게나 청춘의 시간이 그러한 것처럼요.

　청춘을 지나고 있는지요. 이미 청춘이 지나가버렸는지요. 지나가든 지나가지 않든 청춘은 설명되기를 거부합니다. 참을 수 없이 가볍고 치기만 넘치던 시절이라도 당사자 말고는 아무도 그 사람의 청춘에 대해 섣불리 운운하고 평가하지 말아야 합니다. 청춘은 말이 안되는 것이어야 옳습니다. 말이 된다면 그것은 청춘도 아닙니다.

불취불귀(不醉不歸) · 허수경

어느 해 봄그늘 술자리였던가
그때 햇살이 쏟아졌던가
와르르 무너지며 햇살 아래 헝클어져 있었던가 아닌가
다만 마음을 놓아 보낸 기억은 없다

마음들끼리 서로 마주보았던가 아니었는가
팔 없이 안을 수 있는 것이 있어
너를 안았던가
너는 경계 없는 봄그늘이었는가

마음은 길을 잃고
저 혼자

194

몽생취사하길 바랐으나

기는 것이 문제였던기, 그래서

갔던 길마저 헝클어뜨리며 왔는가 마음아

나 마음을 보내지 않았다

더는 취하지 않아

갈 수도 올 수도 없는 길이

날 묶어

더 이상 안녕하기를 원하지도 않았으나

더 이상 안녕하지도 않았다

봄그늘 아래 얼굴을 묻고

나 울었던가

울기를 그만두고 다시 걸었던가

나 마음을 놓아 보낸 기억만 없다

목숨 가진
모든 존재를 위하여

어린것 · 나희덕

어디서 나왔을까 깊은 산길

갓 태어난 듯한 다람쥐 새끼

물끄러미 나를 바라보고 있다

그 맑은 눈빛 앞에서

나는 아무것도 고집할 수가 없다

세상의 모든 어린것들은

내 앞에 눈부신 꼬리를 쳐들고

나를 어미라 부른다

괜히 가슴이 저릿저릿한 게

핑그르르 굳었던 젖이 돈다

젖이 차올라 겨드랑이까지 찡해오면

지금쯤 내 어린것은

얼마나 젖이 그리울까

울면서 젖을 짜버리던 생각이 문득 난다

도망갈 생각조차 하지 않는

난만한 그 눈동자,

너를 떠나서는 아무 데도 갈 수 없다고

갈 수도 없다고

나는 오르던 산길을 내려오고 만다

하, 물웅덩이에는 무사한 송사리떼

　　　　　　　　　　파주출판도시 바로 뒤에는 해발
200미터 남짓한 언덕 같은 산, 심학산이 있습니다. 이 일대엔
워낙 높은 산이 없어서 투명한 날 정상에 오르면 평야와 한강,
임진강과 멀리 개성의 송악산까지 확 열리는 풍경이 짐짓 장관
입니다. 그 트인 벌판에 하루가 다르게 시멘트 죽순 같은 아파
트들이 솟구치고 있어서 지평선이 조금은 고통스럽게도 보입
니다. 가을이 깊어질 때면 후드득후드득 우박 소리를 내며 열매
방울들이 쏟아지기도 하지요. 며칠 전에도 그 풍광과 소리 속으

로 들어가려고 완만한 산길을 오르고 있었습니다. 한두 번쯤 머리에 맞아도 기분 좋은 도토리, 밤, 상수리 따위를 주워 만지작거린 뒤 다시 내려놓기를 반복하다가 어떤 시선이 느껴져 고개를 들었더니 다람쥐 한 마리가 나무 위에서 내려다보고 있더군요. 청설모는 종종 보았지만 녀석은 정말 오랜만이었습니다. 영역 싸움에서 용케도 살아남았구나 하는 생각에 애처롭기까지 했습니다. 한데 귀엽기만 한 그 녀석은 열매를 만지작거리는 제 모양새를, 가을걷이로 바빠 죽겠는데 아주 꼴값을 떨어요, 하는 표정으로 비웃고 있었습니다. 그래요, 인간이나 귀여운 짐승이나 밥벌이 노동시간은 낭만적인 게 아니라 정말 치열하고 경건한 풍경입니다.

그러다가 떠오른 시가 「어린것」입니다. 그날의 산책이 아니더라도 다람쥐 하면 생각나는 시입니다. 어떤 대상과 면해서 즉각적으로 떠오른다면 그것은 두말할 필요가 없는 작품입니다. 화자는 이제 막 아이를 낳아 기르고 있는 엄마입니다. 세상의 모든 어린것 앞에서 본능적으로 무장해제당하는 어미입니다. 어린 다람쥐의 눈빛 앞에선 "아무것도 고집할 수" 없기 때문에 사람 짐승 할 것 없이 어린것들이 '어미라고 부르는 소리'를 들을 수 있는 시인입니다. 아이를 두고는 "아무 데도 갈 수 없"어발길을 돌리는 화자가 심지어는 세상의 모든 어린것들을 보자면 애처로운 눈물처럼 "핑그르르 굳었던 젖이 돈다"하니 여기에 무슨 평을 달 수 있겠습니까. 먹먹해서 숨을 죽일 뿐입니다. 세상의 모든 수컷들은 아무리 윤회를 거듭한다 해도 체득할 수 없는 느낌과 정서여서 비밀경전 구절 같은 시입니다.

다들 먹고사느라 바빠 절친했던 선후배들도 이제는 일이년에 한 번쯤 돌잔치와 장례식으로 소식을 전합니다. 탄생과 죽음 앞에서나 간신히 생존과 안부를 확인한다고 할까요. 얼마 전 주말에는 아무개의 결혼식 뒤풀이에서 또 그렇게 쓸쓸한 표정들로 술잔을 기울이고 있었습니다. 담배도 잘 피우고 술도 제대로 즐길 줄 알아 소위 풍류쟁이란 말이 딱 어울리는, 그래서 한때 짝사랑도 했던 후배가 그날은 일절 술 담배를 하지 않는 것이었습니다. 살짝 건강이 걱정되어 어디 속병이라도 든 건 아닌지 물었습니다. 그리고 돌아온 대답에 저는 순간 뭉클해지면서 솟는 눈물을 감추기 위해 얼른 맥주잔에 코를 박았습니다.

"선배, 저 이따가 수유해야 돼요."

지난주엔 어느 작가를 만나 차를 마셨는데 두 시간 내내 이야기의 중심은 문학이 아니라 '아이'였습니다. 만산으로 어렵게 엄마가 된 그의 입과 눈빛과 손짓, 그야말로 모든 세포의 미세한 움직임까지도 아이에 가닿아 있었습니다. 그 표정은 한 사람이 드러낼 수 있는 가장 큰 환희와 걱정이 한데 버무려져 있다고밖에 달리 표현할 길이 없더군요. 엉뚱하게도 한 영화가 떠올랐습니다. 순전히 틸 슈바이거의 멋진 연기와, 주인공들이 난생처음 바다를 보면서 죽어가는 마지막 장면으로 기억되는 영화 「노킹 온 헤븐스 도어」(1997)였어요. 마지막 장면과 더불어 오래 남은 대사, "천국에선 바다 이야기만 해" "그럼 천국에서는 이야기할 게 없잖아". 어쩌면 천국에서는 걱정은 걷어내고 환희만 남은 '아이에 대한 이야기'만 할지도 모른다는 생각을 했습니다. 그래요, 천국에서 달리 무슨, 그보다 더 좋은 이야기를 나눌 수 있을까요.

"아이는 자기 먹을 것은 가지고 태어난다"는 말을 저는 아주 싫어합니다. 얼핏 들으면 아이가 능동적인 주체라는 말 같지만 사실은 어떤 환경에든 맞춰져 살아갈 수밖에 없다는 뜻이기도 합니다. 또 이 시대엔 한 아이가 성장하기 위해서는 전과는 비교조차 할 수도 없을 만큼 커다란 경제적 비용과 에너지가 필요하기 때문이기도 합니다. 이웃과의 교류를 끊고 파편화되어 사는 이 시대에는 '아이 하나를 키우려면 온 마을의 정성이 필요하다'라는 속담도 무색하기만 합니다. "신께서 바빠서 대신 어머니를 만들어 보냈다"는 말 역시 쉽게 동의할 수 없습니다. 이 역시 보호 아래 있는 아이의 존재를 수동적으로만 만드는 말입니다. 게다가 이 세계가 점점 폭력적으로 변하고 전쟁이 끊이지 않는 걸 보면 신께서는 그다지 바쁜 게 아니라 오히려 낮잠을 즐기고 있는지도 모릅니다.

한때는 이런 생각도 했습니다. 인간처럼 무기력하기 짝이 없는 존재가 또 있을까. 말이나 소, 또는 야생의 많은 동물들은 태어나자마자 걷고 뛰곤 하는데 인간은 목도 가누지 못할 뿐만 아니라 스스로 먹지도 못해 애벌레만도 못한 존재다…… 그럴 거면 대체 인간은 왜 이 세상에 던져지는 것일까, 이토록 수동적인 존재가 또 있을까……

그런데 어느 순간부터 인간은, 아니 새끼는 이 세계에 던져지는 것이 아니라 알 수 없는 심연이나 거룩한 무(無)에서 오묘한 힘을 가지고 걸어나오는 존재라는 생각을 하게 되었습니다. 다시 말하자면 그가 나아가는 길가에 모든 만물들은 그의 숨결에 감화되어 오직 그에게만 맞춰 환경이 변한다는 것입니다. 그 변화하는 환경의 가장 전위에 있는 것이 바로 어미, 극한의 산통과 젖몸살을 겪기 전과는 아주 달라진 어미의 몸과 마음과 감정일지도 모릅니다. 나희덕의 시를 두고 희생적인 모성 이데올로

기를 강화하고, 여성성을 한정하면서 왜곡시킨다는 비판을 가하기도 합니다. 하지만 시를 찬찬히 들여다보면 '물끄러미 바라보는 맑은 눈빛' '난만한 눈동자' 속에는 인간의 아기와 새끼 다람쥐와 송사리떼가 동일선으로 연결되어 함께 있습니다. 우리는 종종 같이 사는 고양이와 강아지 같은 반려동물의 눈빛 속에서도 같은 심상을 읽어내면서 수시로 저릿해지곤 합니다. 이런 맥락으로 읽으면「어린것」은 모성에 대한 작품이기 이전에 목숨 가진 모든 존재와 그 근원에 대한 노래입니다.

미신,
아름다운
우리의 이야기

／ 갈미 할매와 내 신수(身數) ／
박성우

고등학교 2학년 여름방학 때 친구의 고향집에 놀러 간 적이 있습니다. 며칠을 묵었는데 하루는 마을 뒷산에 오르자는 친구의 제안에 선뜻 따라나섰습니다. 뒷산이라는 말에 만만하게 생각했다가 꽤 고생했습니다. 바위가 많은 악산(岳山)이었고 지리산 자락 봉우리답게 계곡과 그늘은 만만치 않게 깊었습니다. 깊은 만큼 어려운 등반 끝에 정상에서 보는 정경은 아름답기 그지없었습니다. 넓게 펼쳐진 평야와 지리산 연봉들이 이루는 산맥 병풍은 그때까지 보아온 어떤 풍경에도 뒤지지 않는 장관이어서 여행 뒤에도 오래 가슴에 머물렀습니다. 대학에 들어가고 다시 여름방학 때 친구들과 이박 삼일 일정으로 노고단에서 천왕봉까지 종주를 하게 되었는데, 전망 좋은 어느 지점에서 쉬다가 갑자기 친구의 고향 뒷산 이름이 떠올랐습니다. 그 산은 왜 '고리봉'으로 불리게 되었을까,라는 의문이 그제야 든 것이지요.

하산한 뒤에 알아보니 대홍수 설화와 관련된 명칭이었습니다. 홍수로 지상의 모든 것이 잠기고 산봉우리만 조금 드러난 곳에 배의 고리를 매어 살아남았다 해서 '고리'봉이 된 것입니다. 그런데 의문은 또 거기서부터 시작되었습니다. 대홍수는 성서와 코란에 나오는 이야기와 같은데 왜 어느 것은 설화로 구전되어 자세한 사정을 알 수 없이 몇 줄로만 남아 있고 노아의 방주는 경전에까지 자세하게 기록되어 전해오는 것일까…… 좀 더 찾아보니 우리에게도 구약성서와 같은 책이 없지 않았습니다. 단군신화 이전을 다루고 창세신화, 대홍수, 마고 여신 등이 등장하는, 1만 4천여년 전 파미르고원에서 발원하는 한민족의 상고문화를 담고 있는 책이 『부도지』입니다. 우리 역사를 다룰 때 논외로 치는 유사 역사이자 위서(僞書)라는 평가가 강하고 저 역시 정식 역사로 받아들이기에는 무리라고 생각합니다만 상상력 측면에서는 흥미로운 점이 많습니다.

신화와 관련된 독서를 하다 보면 동서양에 걸쳐 이러한 책들은 꽤나 많습니다. 신화적 상상력을 따라 읽으면서 간혹 이런 의문이 들기도 합니다. 경전으로 숭앙되는 책들이 있는가 하면 어떤 것들은 모두 거짓으로 평가받는 것일까. 그것은 비로 권력의 문제와 깊은 연관이 있는 듯합니다. 역사는 권력 싸움에서 패한 자들을 제대로 기록하지 않습니다. 즉 헤게모니 싸움에서 승리한 자(사건, 인종) 중심으로 기록하는데, 그 역사 중에서도 어떤 것은 크게 과장되고 신성시되어 믿음과 결합할 때, 또 어떤 간절한 시대적 요구와 맞아떨어질 때 종교가 됩니다. 권력을 잃고 쫓겨난 것들은 기록되지 않을 뿐만 아니라 신화와 설화, 전설의 영역으로 밀려나 구전되면서 역시 과장되거나 왜곡됩니다. 심하면 성녀가 창녀로 뒤바뀌기도 합니다. 후대에라도 제대로 기록되면 모를까 그렇지 않은 대부분은 역사의 음화(陰畫)로 남게 되는 것이죠.

종교는 전파 과정에서 자연스럽게 스며들지 않으면 많은 순교와 희생을 낳기도 하고, 강압적으로 지배할 때는 기존의 약한 종교가 무차별적으로 폐기되기도 합니다. 기독교는 물론이고 불교 또한 외래 종교입니다. 절에 가면 대웅전 같은 중심에서 떨어져 '산신각'과 '삼성각' '칠성각' 같은 작고도 흥미로운 건물을 마주칩니다. 종교가 전파되면서 토착 신앙과 결합, 융합되거나 타협해서 존치하게 된 것이죠. 그만큼 '산신'과 '칠성'을 모시는 신앙이 뿌리 깊고 강렬했다는 방증이기도 합니다.

저는 모든 종교는 문화인류학적으로 접근하는 것이 맞는다고 생각합니다. 이 태도는 절대 진리와 절대 선이 한쪽에만 치우쳐 존재한다고 믿는 것이 아니라, 어떤 것이 탄생한 배경과 원인을 인정하면서 다양성을 존중하는 것입니다. 그렇지 않은 맹목이 폭력을 낳고 전쟁을 불러옵니다. 지금도 우리가 목도하는 숱한 내전과 분쟁들은 상당 부분 신의 뜻과 반해서 전개되는 인간의 아집과 맹신에서 파생하고 있습니다. 또 지구상의 어려운 문제들은 권력이 쏠려 있는 서구 중심적인 사고로만 종교와 문화를 인식한 데서 생기기도 합니다. 많은 사람들이 구약성서와 코란이 거의 유사한 내용이라는 것조차도 모릅니다. 종교·인종·인권·젠더 등에서 다양성과 평등을 인정하지 않음으로써 이 시대의 비극은 진행 중입니다. 같이, 더불어 사는 세상에서만 평화가 정착된다는 아주 기초적인 신의 섭리마저 무시되는 것이지요. 그래서인지 가끔은 불승과 신부들이 서로 존중하고 우정을 쌓으며 정진하는 풍경이 참 아름답게 느껴집니다. '오직 나만! 진리이다'라고 고집하지 않는 자세이지요.

다시 신화와 전설 얘기를 하자면, 초창기의 정확한 기록이 없다는 것은 오히려 상상력의 영역을 확장하고 더 많은 것을 찾고 얻어내게 할 수 있습니다. 제주의 신화와 전설들은 또 얼마나 아름답고 재미있는지 모릅니다. 숫자가 1민 8천에 이르는 신들과 제주 탄생설화의 주인공 설문대할망, 외세를 물리치기 위해 희생하는 해녀와 산호수 전설 등 무궁무진한 이야기는 우주 끝까지 펼쳐질 듯합니다. 우리가 여행 다니는 시골 마을 당산나무와 돌들에도 저마다 사연과 전설이 있습니다. 그것들을 힘없고 보잘것없는 변방으로 치부할 것이 아니라 더 소중하게 끌어안아야 합니다.

그런데 토속적인 우리의 것들은 대부분 비이성적이고 불합리한 것으로 여겨져 미개한 영역으로 밀려나고 있습니다. 요새는 성황당과 무당을 찾기 어렵고, 조왕신과 정안수도 사라졌습니다. 도깨비와 산신과 삼신할머니도 옛이야기에나 등장하는 것이 되었습니다. 극히 일부는 무형문화재라는 공연의 형태로 간신히 명맥을 유지하고 있지요. 하지만 구전되는 전설과 신화를 버린다면 우리만의 문화예술의 토양 또한 가뭄 속에 남겨질 것이 분명합니다. 관심을 두고 자세히 둘러보면 오늘 우리가 걷는 길가에서도, 발에 차이는 돌 하나에서도 그리스·로마 신화만큼 흥미로운 이야기를 발견할 수 있을 것입니다.

시 한 편 읽기 위해 이야기가 장황해졌습니다. 이 땅에서 오래 전승되어온 설화와 전설들, 그 오래된 상상력을 미신으로만 취급한다면 더 이상 우리는 박성우의 시처럼 소중하고 아름다운, 다 읽어버리기 안타까워 아껴 읽는 예술을 다시는 만날 수 없게 될지도 모릅니다. 이 시는 제가 어릴 적 몇 날 며칠 고열로 사경을 헤매다가 옆집 할매의 미신(迷信) 치유법으로 나았던 경험과 유사한 신들의 이야기, 소박하고 아름다운 믿음, 미신(美神)에 대한 것입니다.

갈미할매와 내 신수(身數) · 박성우

갈미할매는 탱자나무 울타리가 둘러쳐진 기와집에 살았다
어린 나는 어디서 놀든 오줌이 마려우면 갈미할매네 집으로
가서
놋요강에 오줌을 누었다 내 오줌만 따로 받아
오리알을 담가 먹기도 했던 옆집 갈미할매는
인근서 알아주는 점쟁이였으나 내겐 그냥
외할매나 진배없는 할매였다 갈미할매는
정월 초하루와 초이튿날엔 신수를 봐주지 않았다
먼 타관에서 왔으니 한번만 봐달라고 매달려도

매몰차게 내보냈다 해마다 정월 초사흘 이른 아침이면 어매는

어김없이 갈미할메네 집으로 가서 식구들의 신수를 보고 왔다

내가 아홉살이 되던 해에 신수를 보고 온 어매는

개복숭아나무 동쪽 가지를 꺾어오라고 했다 나한테 고얀 애이 들어

초이레나 초여드레에 액막이를 해야 한다고 했다

치매밭골로 나가는 내게 꼭 동쪽 가지여야 한다고

어매는 몇 번이나 당부했다 피잇 동쪽도 모를까 봐서

동쪽은 그냥 해 뜨는 쪽인데 내가 뭐 등신인가,

동리서 가장 실한 개복숭아나무는 치매밭골

고추밭 윗머리에 있었다 털 숭숭한 개복숭아를 따 먹던

개복숭아나무는 빈 가지만 앙상했다 꽁꽁 언 손으로

동쪽으로 뻗은 가지를 한뭉음 꺾어 집으로 갔다

옳게 분질러 왔냐, 어매는 농짝에서 한지 조각을 꺼내더니

거기에 말 그림을 그리라고 했다 나는

연필로 말 그림을 얼마나 고쳐 그렸는지 모른다

매번 다 그려놓고 보면 개 같기도 했고 노루 같기도 했다 그러 다가는

목덜미 뒤로 갈기를 그려넣으니 그제야 말 같았다

초이레 초저녁, 어매는 솥단지에 물을 가득 붓고는 불을 지폈다

3부 우리가 살아갈 모든 순간들 209

날이 아주 어두워지자 어매는 나를 정지로 데려갔다 목간통에

나를 넣고 씻기기 시작했다 물이 뜨겁다고

등이 따갑다고 물이 식어서 춥다고 떼를 썼지만

여느 때와는 달리 조금도 봐주지 않았다 목간을

마친 나는 어매 목덜미를 꽉 껴안고 방으로 들어갔다 내가

솜이불에 파고들자 어매는 다시 옷을 홀딱 벗겼다

초사흗날 꺾어온 개복숭아나무 가지를 꺼내들더니

무슨 주문을 외듯 중얼중얼 내 알몸에 쳐댔다

머리부터 발끝까지 찰찰 찰찰찰찰 때리더니

말 그림을 베개에 넣어주고는 그걸 베고 자게 했다

곧 나는 잠에 들었다 끔뻑끔뻑 눈을 떴을 때 어매는

동이 트기 전에 말 그림을 마당에 나가 태우니

말이 순식간에 하늘로 달려나갔다며 좋아하셨다 인자 되얐다,

동틀 무렵엔 치매밭골 또랑으로 가서 개복숭아나무 가지를

띄워보냈는데, 여간 잘 떠내려가는 게 아니라고 했다

그렇게 해서 내 액막이는 초여드레 아침에 끝났다

내가 오줌을 보태러 갈미할매네 집에 가니

김이 폴폴 나는 놋세숫대야에 세수를 하던 갈미할매는

아조 잘되얐구만, 했다 나는 놋요강에다 신나게 오줌을 누었다

1975년 8월 17일

한 사내가 있었습니다. 그는 신학교 재학 중에 일본군에 의해 강제로 학도병으로 끌려갔으나 탈출한 뒤 한국광복군 간부 훈련반에 들어가 훈련을 받았습니다. 천신만고 끝에 대한민국 임시정부에 합류하고 한국광복군 장교로 활동하며 독립투쟁을 벌였습니다. 해방 후에는 『사상계(思想界)』를 창간하고 3선 개헌에 반대하며 자유언론수호와 반독재 민주화운동에 온몸을 내던졌습니다. 유력한 정치인이자 대권 주자로 존경받던 그는 1975년 8월 포천의 약사봉에서 의문의 죽음을 맞았습니다. 당국은 추락사로 발표했으나 그가 착용하고 있던 뿔테 안경은 멀쩡했습니다. 백범 김구 선생의 비서이기도 했던, 한국인으로는 최초로 막사이사이상(언론부문, 1962)을 받은 그의 이름은 장준하입니다.

1979년 10월 26일

장준하보다 9개월가량 먼저 태어난 또 한 사내가 있습니다. 그는 만주 신경군관학교에 진학한 뒤에 일본육군사관학교로 전학하고 졸업과 함께 일본군 장교가 되어 전쟁에 가담합니다. 이름은 다카키 마사오(高木正雄)로 개명하고, 제국주의 일본을 향해서는 "일본인으로서 (…) 멸사봉공(滅私奉公), 개와 말(犬馬)의 충성을 다할 결심"이라고 혈서를 써서 맹세합니다. 해방 후 여순반란사건에 연루되었고 사회주의사상에 심취한 공산주의자로 분류되어 무기징역을 선고받았다가 구명운동으로 살아나지만, 군인 신분은 박탈당합니다. 한국전쟁을 틈타 현역에 복귀한 뒤로는 진급을 거듭하여 장군이 되었고 1961년 군사쿠데타를 일으킵니다. 18년 5개월간 독재자로 군림하다가 1979년 10월 26일 밤, 부하에게 총살된 그의 이름은 박정희입니다.

2012년 12월 19일

2012년 8월 1일, 묘지 하나를 이장하던 중에 유족은 유해의 두개골이 6센티미터가량 함몰된 것을 발견하게 됩니다. 이 "두

개골 함몰은 인공적 물체(쇠망치)를 가지고 직각으로 충격을 가해 생긴 것"이라는 검시 소견이 있었습니다. 다른 신체 부위에서도 추락 시 일어나는 골절은 발견되지 않았습니다. 근 사십 년이 지난 뒤에라도 추락사가 아니라 독재자에 의해 살해되었음을 장준하 선생은 유골로라도 만천하에 알리고자 했을지 모릅니다. 하지만 넉 달 뒤 12월 19일, 우리는 그 독재자의 딸을 다시 대통령으로 만들어버린, 역사에서 유일무이한 세대가 되어버렸습니다. 그날 우리는 장준하 선생에게 부관참시(剖棺斬屍)보다 더 끔찍하고 모욕적인 일을 저지른 세대가 되어버린 것입니다.

뭐라도 해야 했으나 뭐라도 하기에는 늦어버린 듯했습니다. 창피해서 고개를 들 수가 없었습니다. 애주가로 둘째가라면 서러운 시인은 독재자의 딸이 취임하는 날로 술을 끊었습니다. 정치에 무관심했던 소설가는 자신의 삶을 통째로 반성했습니다. "박근혜가 대통령이 되었다//오늘도/사랑하는 사람들이/슬픈/시를 쓴다"(김현「빛은 사실이다』)」라고 써도 슬픔과 모욕이 가시지 않았습니다. "모든 거짓은/사실로부터 시작된다"(같은 시)라는 걸 뒤늦게 깨닫고 한탄해도 돌이킬 수가 없었습니다. 그렇게 비정상이 정상에 오른 뒤로 모든 정상의 비정상화가 진행되는 것을 속수무책으로 지켜보며, 역사의 강물이 거꾸로 흐르는 비현실적인 현실 속으로, 지옥의 한철 속으로 우리는 들어갈 수밖에 없었습니다.

2014년 4월 16일

독재자의 딸을 대통령으로 만든 우리는 또 304명의 목숨을 말도 안되게 놓아버린 어처구니없는 세대이기도 합니다. 참사가 일어나고 한참이나 시간이 흘렀지만 지금도 저는 세월호에 대한 시는 쓰지 못합니다. 시인들이 한 달에 한 번씩 꾸리는 '세월호 304 낭독회'에 참여는 해도 쓰지는 못하고 있습니다. 많은 시인들이 추모시를 썼듯 저 역시 여러 차례 시도했지만 실패만 했습니다. 한번은 잡지사 마감일을 넘겨 세월호 시를 한 편 보냈다가 다음 날 허겁지겁 전화해서 취소하고 대체해달라며 다른 시를 보내기도 했습니다. 작품이 마음에 들지 않았기 때문이기도 했지만 섣불리 시로 남기는 것조차 부끄럽고 부끄럽기만 했습니다. 부모를 잃는 고통을 하늘이 무너지는 것에 비유합니다. 묻을 데가 세상에는 없어서 가슴에 묻는다는 고통, 자식을 먼저 잃는 고통은 훨씬 더 커서 땅이 꺼지는 것에 비견됩니다. 참척(慘慽)의 고통과 슬픔, 가늠조차 되지 않는 것을 저는 차마 쓸 수가 없었습니다. 조금도 헤아릴 수가 없는데 섣불리 쓰는 순간 훼손되는 것들이 거대한 슬픔 속에는 있다고 생각했습니다. 그럴 때마다 쓰는 것보다 기억하자, 결단코 잊지 말자,고 맹세하고 했습니다.

모든 사건은 시간이 흐르면 잊고 또 잊히면 반대세력에 의해 왜곡되기도 합니다. 동학혁명이 그랬고, 4·3사건과 5·18민주항쟁이 그랬듯 기득권세력들은 가진 것을 더 움켜쥐기 위해 끊임없이 역사왜곡을 시도합니다. 어제도 오늘도 왜곡은 늘 현재진행형입니다. 세월호도 그럴지 모릅니다. 세월이 더 흐른 뒤에도 그러한 나쁜 시도는 반복될 수 있습니다. 그래서 저는 잊지 않고 기억하고 또 환기하며 살다가 언젠가는 반드시 세월호 시를 쓰겠다고 다짐합니다. 오늘은 선배 시인의 아프고 아픈 시를 가슴에 담고 낭독하면서 말이죠.

오늘, 현재진행형

비정상은 정상에서 숱한 어록을 남겨 비웃음을 샀습니다. "바르게 역사를 배우지 못하면 혼이 비정상이 될 수밖에 없다"(2015. 11. 10.) "정말 간절하게 원하면 전 우주가 나서서 다 같이 도와준다"(2015. 5. 5.) 등이 그것입니다. 저는 이 말들이 틀린 것이 아니라고 생각합니다. 온 우주의 기운이 도와준다는 말은 베스트셀러 소설을 비롯해 여러 책에서 언급된 내용을 재인용한 것일 뿐이고, 바른 역사를 배워야 한다는 것도 백번 지당한 말입니다. 문제는 개인사와 밀접한 잘못된 역사를 바른 역사라고 믿는 신념을 가진 위정자의 입에서 나왔기 때문에 순식간에 정상이 비정상이 되어버렸다는 데 있습니다.

우리는 역사 앞에 한없이 부끄러운 세대이지만 또 촛불혁명을 이뤄낸 세대라는 작은 위안도 갖고 있습니다. 저는 아직도 비정상을 정상에서 끌어내리고 촛불혁명을 무사히 이루게 만든 것은 304명의 아깝고 억울한 아이들의 기운이 함께했기 때문이라고 믿습니다. 많은 역사적 사실이 증명하듯 역사가 바른 방향으로 나아가기 위해서는 늘 반동이 뒤따릅니다. 활시위가 뒤로 당겨지는 반동의 에너지가 있을 때 비로소 화살이 앞으로 날아가는 것도 마찬가지 이치라 생각합니다. 뒤쪽으로 당겨진 우리 시대가 다시 앞으로 나아가게 하는 힘에 세월호 아이들의 슬픔이 담겨 있음을 역사에 남기기 위해서라도 우리는 잊지 말아야 합니다. 기억해야 합니다.

방탄소년단(BTS) 멤버 RM(김남준)의 과거 SNS 발언을 일본에서 문제 삼아 화제가 된 일이 있었습니다. "역사를 잊은 민족에게 미래란 없습니다"(2013. 8. 15.)라는 그 트윗은 건강한 정신을 가진 청년이면 누구나 할 수 있고 또 해야 할 말입니다. 동서고금을 막론하고 조금이라도 역사의식을 지닌 사람 누구에게나 당연하고 상식적인 발언이기도 합니다.

이 시대 우리는, 역사를 잊고 왜곡하면서 반성하지 않을 뿐만 아니라 다시금 당당하게 거짓을 떠들며 공격하는 나라를 이웃에 두고 살고 있습니다.

이 시대 우리는, 삶조차도 살인과 폭력의 수단이 되었고, 죽음으로써도 끝까지 살육을 진행한 독재자, 끝내 사죄 없이 떠난 또 다른 독재자를 목격했습니다. 끝끝내 그의 마지막 죽음마저도 학살이었습니다. 그의 삶과 죽음 모든 것이 학살의 상징이었습니다. 그런데도 우리는 여전히 그를 미화하고 정당화하고, 심지어 영웅시하며 5·18을 왜곡하는 시도들을 목도하고 있습니다.

그리고, 미래진행형

평범하고 당연한 말조차 언제라도 문제시하고 순식간에 여론재판으로 내몰리는 시대, 야만이 늘 내재한 시대를 우리는 살아가고 있습니다. 과거 없이는 현재도 미래도 없다는 지극히 상식적인 진리를 지키기 위해서라도 우리는 한사코 잊지 말아야 합니다. 사실 그대로 기억하고 똑바로 바라봐야 합니다. 야만이 득세하면 야만의 역사는 되살아나 반복되면서 우리의 일상을 찢어놓습니다. 식민주의, 제국주의 파시즘, 전쟁 논리, 국가 폭력, 독재의 역사는 늘 반복될 수 있습니다. 기억만이 그걸 막아

줍니다. 우리는 과거를 제대로 기억하고 기록해야 합니다. 그것
은 곧 미래를 기록하는 방식이기도 합니다.

숨 쉬기도 미안한 4월 · 함민복

배가 더 기울까 봐 끝까지

솟아오르는 쪽을 누르고 있으려

옷장에 매달려서도

움직이지 말라는 방송을 믿으며

나 혼자를 버리고

다 같이 살아야 한다는 마음으로

갈등을 물리쳤을, 공포를 견디었을

바보같이 착한 생명들아! 2학년들아!

그대들 앞에

이런 어처구니없음을 가능케 한

우리 모두는……

우리들의 시간은, 우리들의 세월은

침묵도, 반성도 다 부끄러운

죄다

쏟아져 들어오는 깜깜한 물을 밀어냈을

가녀린 손가락들

나는 괜찮다고 바깥세상을 안심시켜주던,

가족들 목소리가 여운으로 남은

핸드폰을 다급히 품고

물속에서 마지막으로 불러보았을

공기 방울 글씨

엄마,

아빠,

사랑해!

아, 이 공기, 숨 쉬기도 미안한 4월

태어나보니
피와 살을
씹어 먹고 있었어요

"인류 반격이 시작됐다"

2020년 12월 8일 영국에 사는 90세 마거릿 키넌 할머니가 모 제약사 코로나19 백신을 최초로 접종한 다음 날 어느 조간신문의 1면 머리기사 제목입니다. '인류의 반격'이란 표현이 멋져 보였는지 몇몇 언론들도 연이틀 비슷하게 제목을 베껴 썼습니다. 본질을 간과하고 현상에만 맴도는 한심한 저널리즘이 아닐 수 없습니다. 인류의 반격이라니요. 어떤 인류의 무엇을 향한 반격일까요? 감염병, 바이러스에 대한 반격인가요?

코로나19는 무차별적인 개발과 자연 파괴, 자본과 에너지로 상징되는 인간의 소비 욕망에서 비롯되었습니다. 그 탐욕스럽고도 무신경한 소비 현장은 육식, 야생동물 서식지 삭제, 석탄과 원자력 발전, 군비경쟁, 제품 생산과 운송과 판매를 비롯한 온갖 과정에서 일어나는 탄소배출… 나열하자면 끝이 없습니다. 이것들은 다 서로 한몸처럼 연결되어 있습니다. 한마디로 소비이자 파괴의 동력으로 작동하는 '우리 모두의 일상이 곧 바이러스의 근원'인 것입니다. 자본을 축적하며 우리가 완성해왔고 날로 고도화하는 이 일상은 이미 완고한 기득권이 되었습니다. 점점 더 편안함만을 추구하는 당신과 내가 먹고 자고 싸는 하루하루가 폭주하는 '욕망 전차'에 불을 지피는 것입니다.

바이러스의 매개로 호출된 박쥐, 낙타, 천산갑 같은 동물들은 죄가 없습니다. 혹시 실험실 유출설, 백신 음모설을 믿는지요. 팬데믹 상황에서 음모설에 대한 맹신은 현상의 이면을 본다는 일시적인 착각을 선물할지언정 '실체적 진실'에 다가가게 하지는 못합니다. 백번 양보해 음모설을 일부 용인한다 할지라도 그것 역시 인류의 욕망에서 비롯한 것입니다.

'인류의 반격'은 결국 우리의 욕망에 우리가 당하고, 우리를 향해 우리가 반격한다는 참담한 블랙코미디에 불과합니다. 이처럼 근원적인 문제의식 없이 일차원적으로 '반격과 퇴치' 정도를 목표로 삼는다면, 우리 등 뒤에서는 코로나19보다 더 가공할 바이러스들이 줄지어 선 채 낄낄거리며 등장 순서만을 기다릴 것입니다.

코로나19를 단지 재앙으로만 받아들이면 우리는 한 발짝도 더 나아가지 못합니다. 저는 재앙이기도 하지만 지혜의 전언에 더 가깝다고 생각합니다. 사신(邪神)이자 사신(使臣, Messenger)인 셈이지요. '의인(義人) 열 명만 있어도 소돔을 멸하지 않겠다'는 창세기 일화에 빗대자면 이 바이러스는 지구에 보내진 신의 마지막 사신일지 모릅니다. 감염병이 휩쓸자 멸종위기에 처한 듀공과 돌고래떼가 돌아오고, 15만여 마리의 홍학떼가 출몰하고, 뿌옇게 가려진 히말라야 연봉들이 선명하게 보이고, 경복궁에는 너구리 가족이 산책을 하고, 무엇보다 중국발 미세먼지가 줄어 우리는 아주 오랜만에 투명한 겨울을 보낼 수 있었습니다. 마스크를 쓰니 맑은 공기가 찾아오는 역설! 감염병으로 인간의 움직임이 멈춘 곳에 나타난 이 역설적인 현상들을 보면 자연과 신이 던지는 메시지는 아주 분명합니다. 욕망을 멈추라, 멈추기 어려우면 과감하게 줄이라, 기득권이 된 일상을 다시 살아라. 일상의 대전환을 시작하지 않으면 '유황과 불을 비같이' 내려 멸할 것이니라.

✕

환경문제만큼 복잡하고 다층적인 것도 없습니다. 기후깡패로서 이미 충분히 지구를 파먹고 망쳐놓은 선진국들 중심의 에너지 전환 정책이 제3세계 민중의 식량과 기회를 빼앗는 '사다리 걷어차기'는 아닌지, 작게는 커피 전문점의 친환경 이벤트부터 기업의 ESG(환경·사회·투명) 경영이 과연 문제해결에 기여하는 것인지, 위장환경주의(Greenwashing)는 아닌지 끊임없이 의심하고 질문을 던져야 합니다. 텀블러를 몇십번이나 써야 종이컵 하나를 줄이는 효과가 있는지를 계산하고, 고기가 되어 우리 배 속으로 들어오는 소 한 마리와 내 자동차가 남기는 탄소발자국의 비중을 비교하고, 일상에서 누리는 모든 수단, 의식주와 물건들이 우리 손에 들어오기까지의 탄소발자국도 따져봐야 합니다. 고작 텀블러를 쓰고 분리수거를 하면서 '나의 일상이 지구를 지킨다'라고 착각하고 자위하는 태도는 정말 경계해야 합니다. 뿐만 아니라 전 세계에서 최저수준인 전기세의 누적 적자 문제도 이대로 방치할 것인지 고민해야 합니다. 물가와 표를 의식한 정치 논리로 사태를 이 지경으로 몰고 온 것이 아닐까요. 전기세를 어떻게 현실화할 것인지, 환경세(탄소세)는 얼마나 덧붙일지, 일상과 연계한 네가와트(Negawatt) 운동은 또 어떻게 펼칠 것인지 진지하게 토론하고 적극적으로 행동해야 합니다. 철저한 일상 대전환의 철학과 통합적인 상상력으로 지혜를 모을 때야 비로소 기후위기를 해결하는 데 한걸음 더 다가갈 수 있습니다. 모두의 에너지(힘)를 '모으는' 일이자 동시에 모두의 에너지(소비 욕망)를 '줄이는' 무척 어려운 일이기도 합니다.

전 세계 인구가 80억 가까이 된다지요. 가끔은 내 존재를 80억분의 1로 나눠보는 생각을 합니다. 우주 저 멀리서 지구를 바라보는 상상도 해봅니다. 정말 먼지만도 못한 존재감을 갖는 미물에 지나지 않습니다. 80억분의 1의 존재가 대체 무엇을 할 수 있을까 생각하면 무력해질 수밖에 없습니다. 하지만 코로나19는 해결 방향도 속삭이고 있습니다. 분산과 연대, 흩어져서 뭉치라는 것입니다. 모순처럼 들리지만 바이러스의 감염경로가 연기론, 즉 촘촘하게 이어진 인연인 점을 생각해보면 아주 쉽게 이해할 수 있습니다. 흩어져 있는 80억 점들이 그물처럼 연대하지 않으면 아주 가까운 미래에 우리는 더 무서운 기후위기에 갇혀 파국을 맞을 것입니다. 우리는 모두 연결되어 있습니다. SNS도 알고 보면 이 인연의 인드라망, 그물이자 연대의 도구입니다. 멀리멀리 떨어져 있어도 끝내 우리는 연결되어 있습니다.

✕

2050 탄소중립 시나리오를 두고 말들이 많습니다. 환경단체들은 미진하다 비판하고, 기득권 에너지 산업계는 과도하고 급박해서 실현 불가능한 목표라 비난합니다. 체르노빌과 후쿠시마에서 원전 사고가 터졌을 때는 숨어 있던 원자력 마피아들이 다시 목소리를 높입니다. 수명이 한참이나 남은 원전들이 당장 가동을 멈춰 전력수급에 큰 문제라도 발생할 것처럼 겁을 주고, 소형모듈원전(SMR)만이 친환경 무결점 에너지의 대안인 것처럼 데마고기 수준의 선동을 합니다. 그런데 탄소중립 시나리오를 반대하는 이들과 언론이 종종 간과하는 게 있습니다. 2050 탄소중립은 장미빛 미래가 아닙니다. '지구 기온 상승 1.5도'를 사수하자는 목표치는 기후위기 해결책이 아니라 인류가 살아남기 위해서 최악을 막는 차악의 수준에 불과합니다. 이것이 더 화급히 에너지 전환과 탄소중립에 나설 수밖에 없는 이유입니다.

대부분의 부모들은 밖에서 자녀가 다치거나 폭행을 당하면 격분하고, 끝내 폭력 원인을 밝혀내서 용납하지 않습니다. 그런데 자녀 인생에 전대미문의 폭력으로 다가오고 있는 기후위기에는 다들 이상하리만치 무감각합니다. 자녀세대 스스로는 도무지 감당할 수 없는 대재앙이 아이들 삶을 통째로 지워버릴 수 있다는 사실에도 눈을 감고 맙니다. 정녕 자식을 위한다면 더 크게 후회하기 전에 기후 재앙의 티핑 포인트(Tipping Point)를 최대한 가깝게 잡고서 뭐든, 뭐라도 해야 하지 않을까요?

지구 문제는 곧 존재의 문제이자 종교문제이기도 한데, 일부 종단을 제외하면 많은 종교인들도 기후위기와 탄소중립에 무감합니다. 시대문제에 예민하게 촉수를 뻗어야 할 문학조차 일부 작품을 제외하고는 환경문제를 본격적으로 다루지 않습니다. 문학의 존재 이유 중 하나가 시대의 전위에서 현상과 본질을 꿰뚫는 것이라면 당대 문학의 자세는 참으로 안일하다는 생각밖에 들지 않습니다. 빠르게 망가지는 지구 광장으로 나아가기를 주저한 채 여전히 골방에 박혀 생산하는 공허한 자의식의 시와 소설들이 못내 아쉽습니다. 마스크와 코로나19를 단지 작품소재로만 활용하는 데 머무르는 작가들의 태도 또한 안타깝기는 마찬가지입니다.

기후위기 앞에서는 복잡한 플롯이나 난해한 문학적 상징을 고민할 게 없습니다. 1980년대에 독재에 저항하고 민주주의를 지켜내기 위해 온몸을 내던진 문학이, '시의 시대'라고 불릴 정도로 큰 역할을 했던 시가 자꾸만 대중의 관심에서 멀어지고 있습니다. 시대정신을 놓친 채 소수 독자만 찾는 '그들만의 리그'가 되어버린 문학은 아닌지요? 그러서나 말거나 기후위기는 독재와 민주주의의 파괴보다도 거대한 폭력과 억압이 되어 눈덩이처럼 몸집을 불리며 돌진해오는 중입니다.

✕

하늘에서 비와 눈이 내리는 현상을 저는 늘 기적처럼 느끼며 사랑합니다. 폭설로 마비된 자유로에 갇혀서 평소 이십분 걸리는 퇴근길이 두 시간을 넘겨도 눈이 좋았고, 온 집 안과 빨래가 눅눅해져도 연일 아름다운 음악처럼 내리는 장마비를 하염없이 바라보곤 했습니다. 눈과 비가 오면 더 깊이 침묵 속으로 스며들어 상상력은 넓어지고, 이것저것 메모를 할 수 있어 글쓰기에도 도움이 되었습니다.

하지만 기후위기를 실감케 하는 기상이변은 해마다 다르게 다가옵니다. 2020년 여름, 우리는 최장의 장마를 경험했습니다. 오십일이 넘는 장마로 거의 여름 내내 비가 왔습니다. 곳곳에서 강둑이 터지고 지반이 약해져 예상치 못한 데서 산사태가 일어나기도 했습니다. 기상이변으로 우리는 이제 '저 푸른 초원 위에 그림 같은 집을 짓고 사랑하는 당신과 함께' 산사태를 걱정하고 대비해야 하는 시대에 접어들었습니다. 장마가 끝나고는 기나긴 가을 가뭄이 뒤를 이었고, 겨울에는 삼한사온이 깨지고 보름씩 한파가 몰아치기도 했습니다. 지구가 많이 아픈 정도가 아니라, 그간 여러 차례 경고에도 씨가 먹히지 않으니 정말 본 격적으로 화를 내기 시작한 듯합니다. 기후위기로 사방이 목숨 을 위협하는 것투성이로 변했는데도 일상의 편리함에 빠져 기 득권의 꿀을 빨고 있는 우리는 딱 안수정등도(岸樹井藤圖) 속 사 람 같은 신세입니다. 기후위기는 사람을 위협하는 코끼리이자 독사이고 검은 쥐와 흰 쥐의 형태로 수시로 모습을 바꿔가며 나 타나고 있습니다. (제발 기후온난화라는 말은 쓰지 맙시다. 이 끔찍한 상황을 어찌 '온난'하다 할 수 있겠습니까.)

그 여름 기나긴 장마가 끝나가는 8월 중순 어느날, 오래 잊어 버린 것을 갑자기 생각해낸 듯 아침저녁을 채식으로 바꿨습니 다. 처음 몇 달은 소화가 되지 않아 무척 고생했는데 재료를 볶 아 먹기도 하면서 적응해갔습니다. 하루 두 끼 식단을 채식으로 바꾼 명분은 대외적으로는 '뱃살 감량'이었지만, 속내는 '내 몸 부터 지금보다 좀 더 작은 오염원으로 만들자'는 것이었습니다. 개인으로서 기후위기의 속도를 늦추는 데 기여하는 효과적인 방법이 메탄 배출을 줄이는 것이라 판단했고, 그 참여 방식으로 채식을 택했습니다.

이견이 분분하지만 가축들의 메탄 배출, 공장식 축산 시스템, 사료 생산과 원시림 파괴 등 육식을 떠받치는 요소들이 온실가스 원인의 50퍼센트 이상을 차지한다는 논리는 꽤 설득력이 있습니다. 그렇다고 가족과 친구들에게 채식을 강권하지는 않습니다. 저 역시 점심은 회사 동료들과 가리지 않고 먹고, 이따금씩 주말과 저녁 모임에서 폭식도 합니다. 다만 채식한 뒤로 음식물 쓰레기 배출이 거의 없어지고 몸은 전보다 건강해진 느낌이라고 종종 얘기합니다.

자연에 덜 해로운 존재가 되겠다는 명분은 거창해서 부끄러운데요, 실은 그 명분보다 앞선 생각이 있었습니다. 대체 나는 언제부터 왜 육식을 하게 됐나 생각해보니 별 이유가 없었습니다. 태어난 뒤부터 육식을 해왔더군요. '태어나보니' 지구였고 한반도 남쪽이었고, 이곳에서는 대부분 '자연스럽게 육식'을 하고 있었던 겁니다. 그러하니 육식을 죄악시할 일도 아닙니다. 또 그러하니 '자연스럽게 채식'을 선택해보자는 생각도 하게 된 것입니다. 그렇게 이년 가까이 이어왔지만 부작용은커녕 몸이 훨씬 더 가벼워졌습니다. 아직 야채와 올리브유 같은 것들이 내 몸에 들어오는 과정에서 남기는 '탄소발자국'을 치밀하게 계산하는 단계까지 나아가지는 못했습니다. 이왕 지구에서 살고 죽기로 한 이상 '식재료와 기후위기의 상관관계'는 앞으로도 계속해서 붙잡고 갈 화두입니다.

×

시에서 무엇을 얻고자 합니까? 시대적 유행이 되어버린 치유(힐링)와 위안을 시에서 받고 싶습니까? 물론 그것도 시 영역의 일부입니다만, 시의 본질에 더 가까운 것은 '불편함'을 선사하는 것입니다. 덮고 싶은 치부를 들춰내고 내면을 자극해서 끊임없이 각성하게 만드는 것이 시입니다. 은밀한 인간의 욕망과 이중성을 난도질해서 피와 살점이 소나기처럼 쏟아지게 하는 세계를 시인 김언희는 보여줍니다. 첫 시집 『트렁크』부터 최근작에 이르기까지 그는 쉬지 않고 전복하고 관습을 부수고, 육두문자와 성기와 성교, 고기덩어리 몸뚱이, 해체된 육체, 입에 담을 수 없는 언어와 소재들을 시의 생태계로 키워낸 시인입니다. 문제의식 없는 시와는 애초부터 상종할 수 없는 세계입니다. 온몸으로, 몸의 언어로만 처절하게 밀고 나가는 시입니다. 상처와 폭력을 향해 날것의 언어로 맞서는 그의 시는 우리들의 영혼에 가하는 "문학이라는 형태를 빌린 고문"(남진우)에 가깝습니다. 찰나라도 나태에 빠져드는 정신을 절대 용납하지 않은 세계, 김언희 시인만의 독보적인 영토이자 자산이 아닐 수 없습니다.

이십몇년이 흐른 뒤 다시 꺼내보는 그의 첫 시집은 지금도 펄떡이며 피를 흩뿌리고 있습니다. "태어나보니/냉장고 속이었어요"라는 문장으로 뒤통수를 내리치는 그의 시는 여전히 선지자의 언어로 유효합니다.

우리는 어디에 태어난 어떤 존재인가요. 시인의 언어를 빌려 말하자면 "밥상 한가운데로 시커먼 도랑이 흐르는 여기, (…) 내가 언제나 흉기로 발견되는 여기, (…) 혀 떨어진 저 입이 바로 내 입인 여기, 애도가 매도인 여기, 이 푹신푹신한 매립지"(「여기」)에서 태어나 헐떡이다가, "누군가가 태어나려면 누군가가 죽어야 하는 여기, 죽어야 한다면 바로 내가 죽어야 하는 여기"(같은 시)에서 숨을 거두는 존재입니다.

돌아서면 또 그리운 당신, 당신과 나는 어떤 존재인가요. '태어나보니' '육절기(肉切機)의 세월'을 살면서 피와 살을 씹고 있었고, 태어나보니 오염물질이고, '태어날 때부터' 욕망덩어리이자 쓰레기인 채로 교미하고 번식하는 나, 그리고 당신인 것입니다.

태어나보니 · 김언희

······태어나보니
　　냉장고 속이었어요

갈고리에 매달린 엉덩짝이 나를
낳았다는데 무엇의
엉덩짝인지
아무도 모르더군요

지하 식품부
활짝 핀 살코기 정원에서
고기가 낳은
고기

······날 때부터 고기
　　였어요

육회와 수육
창창한

육절기(肉切機)의 세월이 기다리고 있다고

정다운 갈고리 아버지

나를 꿰어 들고

계셨어요

'미루나무'의 폭력,
'미류나무'의 불길

'같은 말이라도 아, 다르고 어, 다르다'라는 격언이 있습니다. 언어 사용에서 신중과 경솔의 미묘한 차이로 깊이 소통하거나 때론 관계의 단절까지도 불러올 수 있다는 것이지요. 억지라고 여길지 모르지만 저는 이 사소한 발음의 차이와 말들 사이에 블랙홀만큼 깊고 은하만큼 넓은 강이 흐르고 있다고 믿습니다.

'미루나무가 아니라 미류나무'

발음하자마자 제가 순식간에 빨려 든 단상입니다. 오래전 맞춤법 개정안을 보면 이중모음은 단모음으로 적게 한다는 빈약한 근거를 내세워 '미류나무'를 비표준어로 버리고 있습니다. 하지만 '미류'를 '미루'로 발음하는 순간 우주로 향하는 미류나무의 불길은 꺼집니다. 동시에 제 내면의 집들은 캄캄해지고 유리창들은 깨집니다. 미류나무처럼 우주적인 불길의 이미지를 가진 나무가 또 있을까요? 미류는 그렇게 서서 불길을 계속해서 흘려보내고 있습니다. '미루'라고 호명하는 순간 그 흐름은 단절되고 맙니다.

이 현상은 단순히 발음의 문제 때문만은 아닌 듯싶습니다. 우리가 언어와 대상에 대해 고정관념을 가지고 명명하고 규정해버리면 그 언어와 대상은 그들만의 빛을 잃는 경우가 종종 있습니다. 본래부터 언어는 소통을 위해 만들어진 것, 이 소통 욕망은 또 얼마나 아름다운지 모릅니다. 나는 소통하고 싶다, 그대와 통하고 싶다, 그대가 나를 관통해버렸으면…… 참 쑥스럽고 소박한 열망입니다.

하지만 이 열망 이전에 이미 다른 욕망, 음모가 밑그림처럼 숨어 있습니다. 이것은 '돌'이라고 부르고 싶어, 저것은 '나무'라고 하면 되겠어. 이렇게 대상을 규정하고 언어의 틀에 밀어넣어 확정하려는 욕구가 먼저 있었겠죠. 자신의 존재 규정조차 제대로 내리지 못해 여전히, 일생 동안 고민하는 인간의 언어가 가진 오만이겠지요. 흔히 개그 프로그램에서 구현하는 원시인을 보자면, 저는 그 광경이 오염되지 않은, 원형적인 소통의 언어로 느껴집니다. 우리도 감정의 극단에서는 감탄사밖에 나오지 않습니다. 형언할 수 없는 감정 앞에서 우리는 입을 쩍 벌리고 단음절만 내게 됩니다. 눈부시고 아름다운 풍경 앞에서, 한없이 기쁘거나 슬플 때 우리가 할 수 있는 말은 '아!' '하,' '앙―' 말고는 없습니다. 그때 벌리는 입 모양처럼 그 풍경들은 둥글게 울려서 가슴에 파장을 일으킵니다.

오래전 어느날 서울에서 '폼페이 최후의 날'이라는 전시회가 있었습니다. 포스터만 보고 가보지는 못했지만 전시물 중에는 아이를 화산재로부터 보호하기 위해 온몸으로 부둥켜안은 채 그대로 화석이 되어버린 어머니가 있었다더군요. 그 전시가 끝난 뒤 문예지에 한 시인의 작품이 실렸습니다. 그 풍경에 충격적인 감동을 받아 쓴 시더군요. 그런데요, 그런데 말입니다. 그런 순정하고 아픈 풍경 앞에서는, 감정을 덧칠해 주저리주저리 시를 쓰는 것마저도 폭력이 아닌가 하는 생각이 들었습니다. 때로 특정 소재를 가지고 시를 쓴다는 행위가 얼마나 잔인한지 모릅니다. 이런 생각이 심해질 때는 감동적인 작품을 대할 때도 마찬가지입니다. 어쨌든지 간에 시는 대상에 언어의 옷을 입힐 수밖에 없다는 인식에 이르면 제 생각이 심각한 딜레마임을 깨닫습니다.

물론 제 이야기는 언어를 폐기하자는 게 아닙니다. 언어 사용은 뿌리 깊은 관습이고 우리는 이미 언어 없이는 살 수 없게 되었습니다. 다만 어떤 대상을 호명할 때, 타성에 젖은 언어로 가두지 말고 그 존재에 걸맞은 발음을 건네주고 확장되는 인식을 가져야 합니다. 그러지 않으면 우리 일상에서 이미 고착된 대상과의 단절과 왜곡은 더 극심해질 것이 분명합니다.

제가 이처럼 느끼는 많은 단어 중 대표적인 것들로는 감성적인 '그리움'과 '사랑' 말고도 '강' '여성성' '민중'이 있습니다. 일찍이 바슐라르는 불어 리비에르(Rivière)에 상응하는 리버(River)의 단절성을 경멸했습니다. 영어 '리버' 속에는 강의 흐름을 막는 답답함이 있다는 것입니다. 그러고 보니 그 아름다운 백발의 철학자 이름과 '리비에르'는 발음뿐만 아니라 흐르는 이미지도 비슷하군요. 모국어 편향인지는 몰라도 저 역시 우리말 '강'과 '가람' 속에는 겨울 강의 쩡쩡한 흐름과 울림이 느껴져서 참 좋습니다. 지금부터라도 우리는 습관적으로 '강'이라고 발음하는 속에서 강의 흐름을 막거나 의미를 한정해버리는 타성을 경계해야겠지요.

몸의 기준에 맞춰 어느 한쪽을 억압하고 억눌러서 성별을 이

분화하지만, 선험적으로 그리고 사회적으로 인간은 누구나 여성성과 남성성이 공히 서려서 젠더를 구성합니다. 여기서 '여성성'은 생물학적, 대타적 의미의 성별을 넘어서 제 안에 있는 여성성까지 포괄하는 의미입니다. 남성성의 폭력과 권력의 역사 바깥으로 밀려나고 그늘지고, 서로가 애써 무시하고 감춰버린 내면의 여성성. 우리 모두에겐 심장 속에 숨어 있는, 뇌 속을 뛰어다니는 여성들이 숨어 있습니다. 아름답고 씩씩한, 가련하고 강건한 그 '여성성'. 점점 더 육식성이 강해지는, 소비와 욕망으로 가득한 세계, 폭력적으로 변해가고 종말을 향해 폭주하는 이 행성에서 우리가 수시로 호출해야 할 여성성입니다.

대상과 언어를 함부로 규정하고 불러서는 그 존재를 직시하지 못할 때가 많습니다. 말과 대상들을 할 수 있는 한 많이, 크게 받아들이기 위해서는 섣부른 발음과 규정을 피하고 깊게 침묵하는 와중에 그 대상들이 던져오는 시선을 제대로 볼 수 있어야 합니다. 이 시선을 포착하기 위해서는 하이데거가 말했듯 조금은 불안한 기미와 기척, 심정성을 가지고 두리번거릴 필요가 있겠지요. 그럴 때에야 떨림으로 가득한 '신들의 눈짓' '존재의 눈짓'을 발견할 수 있을 것입니다.

'강' '여성성' '민중' 속에는 강한 '흐름', 화석 안에 보존되어

제대로 호명했을 때만 재발견할 수 있는 '흐름'이 내재되어 있는 것도 같습니다. 어쩌면 역사의 흐름처럼 거대한 상처까지도 품어 치유하면서 주체적으로 흐르고 있다는 거지요. 분명한 건 우리가 어떻게 불러주느냐에 따라 그 흐름이 거대해지거나 적어지거나 혹은 멈춰버릴 수 있다는 것입니다.

저의 생각이 억지가 아니라고 강변하기 위해 말이 길어졌습니다. 한 음절의 말과 말 사이, 수십억 인구 중에 당신과 나 사이, 미미한 차이와 기미에 곧 우주가 있고 무한한 상상력이 있다는 말을 하고 싶어서 여기까지 왔습니다. 기미, 기척, 작은 차이와 사이는 얼핏 돈도 밥도 안되는 사소한 것들로 치부할 수 있겠으나, 바로 거기서 철학과 문학이, 어제와 다른 하루가 탄생합니다. 쓰고 읽는 것만이 문학이 아닙니다. 작고 사소한 말과 대상들을 지나치지 않고 잠깐 멈춰서 오래 바라보고 명상을 해보는 것만으로도 이미 당신은 문학을 '하고' 있는 것이며, 색다른 삶을 살기 시작하는 것입니다.

✕

깊고 추운 한겨울로 접어들면 잎을 다 떨어뜨리고 앙상한 몸통과 가지들을 숲의 무늬처럼 새긴 채 나무들은 서 있습니다. 쓸쓸하고 깊게 얼어붙을수록 봄에는 더 뜨거운 불꽃의 잎을 피워올리겠지요. 그 불길 속에 겨우내 적나라하게 노출되었던 새들의 은신처도 비로소 완벽하게 은신해서 따뜻해지겠지요. 길은 다시 둥지로, 당신에게로 흐를 것입니다.

　침묵하고 명상하는 겨울, 당신도 단단한 얼음 같은 정신을 단련하시길 바랍니다. 불꽃같은 사랑을 준비하시기 바랍니다. 저는 좀 더 저 미류나무의 춥고 외로운 시선에 사로잡혀서 헤어나지 않을 작정입니다. 이 뜨겁고 오래된 그리움이 대체 얼마나 어디까지 흐를지는 아직 모르겠습니다.

미류를 부를 때 · 박신규

모든 것은 너의 입술에서 흘러나와

흘러가는 두 음절에서 시작되었네

숲의 무늬로 잠든 겨울나무에 입술을 대고

미류― 하고 나지막이 몸속 현(絃)을 퉁길 때

새싹 불씨 번져서 걷잡을 수 없는 선율로 타올랐네

겨우내 벌거벗은 은신처는 비로소 무성하게 묻히고

얼어붙은 공중의 길은 다시 둥지로 흘렀네

새소리 넘쳐내려 여름의 심장을 적시고

너의 입술이 동그랗게 다시 미류―라고 연주할 때

온몸으로 활활 나무는 흘렀네 밤하늘 너머 강변까지

은하의 수원지, 미류에선

무엇이든 시작하지 않고는 죽는 게 나아서

나무의 불길에 방을 들였네

재가 될 때까지라고 무작정하고

더없이 뜨거워졌네 우리는

물속과 불속을 뛰어다니고 울고 할퀴었네

허기를 지나 코피가 터질 때까지

알몸으로 노래하기를 하염없이 반복하다가

하염이 없다가 문득 죽을 만큼 지루해졌는데

그때는 참으로 무섭고 서늘했네

미류강에 쏟아붓고 떠내려보내도

짧은 청춘이 겁처럼 머나멀기만 했네

끝내는 죽는 게 나을 만큼 까마득했는가

어느날 네가 우두커니 창밖을 향해

저것은 미류가 아니라 미루,라며

악기를 부수고 호흡을 버리는 순간

캄캄하게 창이 깨지고 은하수는 꺼지네

흐르던 나무는 흐느끼네

물 위로 부패한 음들이 둥둥 떠오르고

나는 목이 메어 울음도 없네

잦아드는 불길에 너를 뿌리면

목을 매단 음악이 가루로 흩어지네

이 또한 너의 입술에서 비롯되었으나

흐르는 흐르고 있는 것은

미루가 아니라네 잿더미에 버려져도

미류, 미류―라네

○

작품 출전

1부 사랑의 미열이 내릴 때

단 한 그루 나무의 음악
사이토 마리코 「서시」 「미열(微熱)」, 『입국』, 민음사 1993
　　　(개정판, 『단 하나의 눈송이』, 봄날의책 2018)

첫 키스는 탱자 맛
유　하 「참새와 함께 걷는 숲길에서」, 『세상의 모든 저녁』, 민음사 1993
　　　(개정판 2007)

나를 비워야 비로소 가닿을 수 있는 당신
박형준 「저곳」, 『물속까지 잎사귀가 피어 있다』, 창비 2002

그대와 나 사이에 푸른 염소
정호승 「수선화에게」, 『외로우니까 사람이다』, 열림원 1998(개정판, 창비 2021)
함민복 「양팔저울」, 『눈물을 자르는 눈꺼풀처럼』, 창비 2013
이문재 「사람」, 『혼자의 넓이』, 창비 2021
백무산 「꽃가루가 바람을 타고 가듯이」, 『폐허를 인양하다』, 창비 2015

나는 당신과 하나입니다
엘리자베스 헬란 라슨 글, 마린 슈나이너 그림, 장미경 옮김 『나는 죽음이에요』,
　　　마루벌 2017

끝이 나기 때문에 사랑하는 것

이진명 「눈물 머금은 신이 우리를 바라보신다」, 『세워진 사람』, 창비 2008

김사인 「좌탈(坐脫)」, 『어린 당나귀 곁에서』, 창비 2015

고형렬 「맹인안내견과 함께」, 『김포 운호가든집에서』, 창비 2001

보고 싶다고 생각하는 순간 더 보고 싶어지는 사람들

안도현 「안동식혜」 「통영 서호시장 시락국」, 『간절하게 참 철없이』, 창비 2008

꽃이 떨어지고 청춘이 다 져버린다 한들

문태준 「비가 오려 할 때」, 『맨발』, 창비 2004

김소월 「왕십리(往十里)」, 『한국현대대표시선 1』, 창비 1990

원재훈 「은행나무 아래서 우산을 쓰고」, 『그리운 102』, 문학과지성사 1996

김시습 「잠 속으로 빠져들다(眈睡)」, 『매월당집(梅月堂集)』, 1583

가장 어리석고 가엾은 사람 곁에 남아

신경림 「파장(罷場)」, 『농무(農舞)』, 창비 1975

_____ 「가난한 사랑노래」, 『가난한 사랑노래』, 실천문학사 1988(개정판 2013)

_____ 「낙타」, 『낙타』, 창비 2008

2부 당신과 함께한 침묵의 푸른빛

말과 말 사이, 새가 날고 꽃이 피고 별똥별 진다

김사인 「꽃」, 『가만히 좋아하는』, 창비 2006

시인으로 죽는다는 것

김태정 「낯선 동행」 「물푸레나무」, 『물푸레나무를 생각하는 저녁』, 창비 2004

시를 살아내고 앓아낸다는 것

박영근 「그 방(房)」, 『지금도 그 별은 눈뜨는가』, 창비 1997

_____ 「흰 빛」 「물의 자리」, 『저 꽃이 불편하다』, 창비 2002

김사인 「봄밤」, 『가만히 좋아하는』, 창비 2006

박영근 「이사」, 『별자리에 누워 흘러가다』, 창비 2007

웃음 뒤에 숨은 눈물에서 흘러나오는

안현미 「이 별의 재구성 혹은 이별의 재구성」 「시간들」 「여자비」 「와유(臥遊)」,
     『이별의 재구성』, 창비 2009

당신은 무엇을 볼 수 있는 나이인가

이면우 「거미」, 『아무도 울지 않는 밤은 없다』, 창비 2001

이문재 「소금창고」, 『제국호텔』, 문학동네 2004

그가 지나가는 자리마다 건반 현이 울렸습니다

김기택 「다리 저는 사람」, 『사무원』, 창비 1999

문인수 「쉬」, 『쉬!』, 문학동네 2006

     「이것이 날개다」, 『배꼽』, 창비 2008

나무와 꽃과 새는 모두 멸종 위기

김중일 「가문비냉장고」 「두 겹의 저녁으로 보는 테라스」 「새」, 『국경꽃집』,
     창비 2007

꽃잎에 흔들리고 바람에 선동당하는 시

송경동 「용접꽃」 「마음의 창살」 「흙손」, 『꿀잠』, 삶이보이는창 2006

_____ 「사소한 물음들에 답함」, 『사소한 물음들에 답함』, 창비 2009

시를 잘 쓰는 법이 있나요

박　준「문상」「처서」,『우리가 함께 장마를 볼 수도 있겠습니다』,
　　　문학과지성사 2018

_____「일요일 일요일 밤에」,『밤은 길지라도 우리 내일은』, 창비 2019

3부　우리가 살아갈 모든 순간들

문득 가던 길을 의심하며 뒤를 돌아다보면

김중식「이탈한 자가 문득」,『황금빛 모서리』, 문학과지성사 1993

뜨겁게 움직이는 침묵, 손의 언어

김종삼「묵화(墨畵)」,『십이음계』, 삼애사 1969
　　　(『김종삼 전집』, 나남출판사 2005)

_____「장편(掌篇) 2」,『시인학교』, 신현실사 1977
　　　(『김종삼 전집』, 나남출판사 2005)

살아버린 당신, 또 살아가야 할 당신

장석남「수묵(水墨) 정원 1」,『왼쪽 가슴 아래께에 온 통증』, 창비 2001

우리가 사투리로 말할 때

이대흠「오래된 편지」,『귀가 서럽다』, 창비 2010
허수경「땡볕」,『슬픔만 한 거름이 어디 있으랴』, 실천문학사 1988
　　　(개정판 2010)

청춘은 평생을 뜨겁게 지나가고 있습니다

김경미 「비망록」,『쓰다 만 편지인들 다시 못 쓰랴』, 실천문학사 1989

김중식 「행복하게 살기 위하여」,『황금빛 모서리』, 문학과지성사 1993

허수경 「흰 꿈 한 꿈」「혼자 가는 먼 집」「불취불귀(不醉不歸)」,

　　　『혼자 가는 먼 집』, 문학과지성사 1992(개정판 2020)

볼프강 보르헤르트 지음, 김주연 옮김 「이별 없는 세대」,『이별 없는 세대』,

　　　민음사 1975(개정판, 문학과지성사 2018)

목숨 가진 모든 존재를 위하여

나희덕 「어린것」,『그 말이 잎을 물들였다』, 창비 1994

미신, 아름다운 우리의 이야기

박성우 「갈미할매와 내 신수(身數)」,『웃는 연습』, 창비 2017

왜곡과 싸우는 현재, 기억이 기록하는 미래

김　현 「빛은 사실이다 》」,『입술을 열면』, 창비 2018

함민복 「숨 쉬기도 미안한 4월」,『우리 모두가 세월호였다』, 실천문학사 2014

태어나보니 피와 살을 씹어 먹고 있었어요

김언희 「여기」,『보고 싶은 오빠』, 창비 2016

＿＿＿＿ 「태어나보니」,『트렁크』, 세계사 1995(개정판, 문학동네 2020)

'미루나무'의 폭력, '미류나무'의 불길

박신규 「미류를 부를 때」,『그늘진 말들에 꽃이 핀다』, 창비 2017

당신의 모든 순간이 시였다

초판 1쇄 발행 2022년 3월 15일

지은이
박신규

펴낸이
강일우

본부장
윤동희

책임편집
김수현

디자인
장민정

마케팅
윤지원

펴낸곳
㈜미디어창비

등록
2009년 5월 14일

주소
04004 서울 마포구 월드컵로12길 7

전화
02-6949-0966

팩시밀리
0505-995-4000

홈페이지
books.mediachangbi.com

전자우편
mcb@changbi.com

ISBN 979-11-91248-54-8 03810